Sword Art Online Alternative

Gun Gale Onlin
4th Squad Ja

Sword Art Online刀劍神域外傳

GUN GALE ONLINE

8

4th特攻強襲（中）

時雨沢恵一
KEIICHI SIGSAWA

插畫／黑星紅白
KOUHAKU KUROBOSHI

原案・監修／川原 礫
REKI KAWAHARA

Kadokawa Fantastic Novels

THE 4th SQUAD JAM FIELD MAP

第4屆Squad Jam
戰場地圖

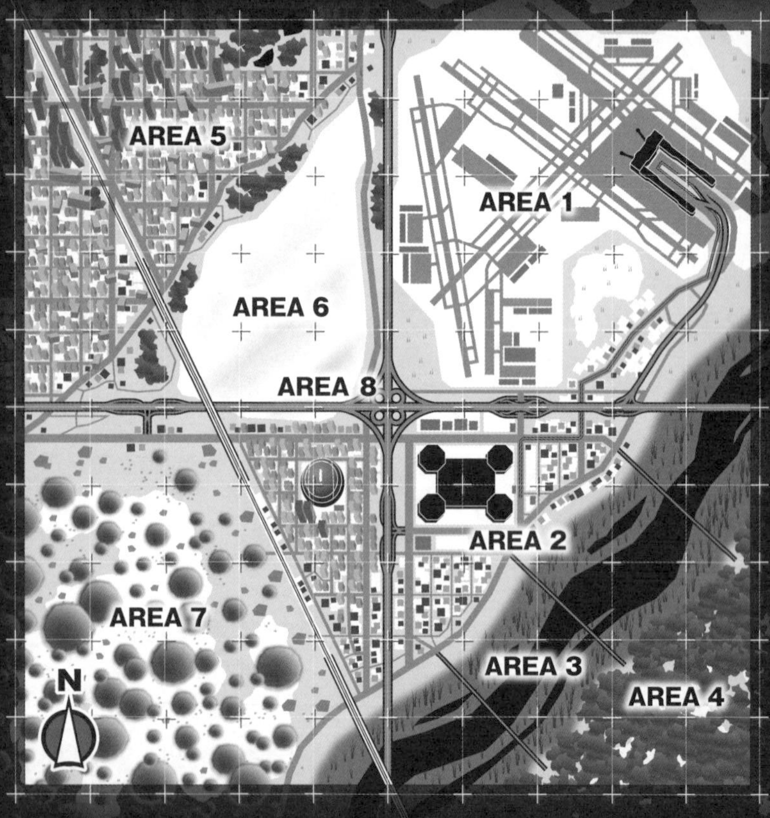

AREA 1：機場
AREA 2：城市、商場
AREA 3：濕原地帶、河川
AREA 4：森林
AREA 5：廢墟
AREA 6：湖
AREA 7：隕石坑
AREA 8：高速公路

Sword Art Online Alternative
Gun Gale Online

Playback of SQUAD JAM

前情提要

快要決定舉行第四屆Squad Jam之前，香蓮陪父親參加派對，在現場認識了一名男性。

那個不因為身材矮小而自卑，一路努力過來的男人「西山田炎」，對不敢笑自己的香蓮一見鍾情，希望透過她的父親取得「以結婚為前提來交往」的許可。

香蓮雖然因為還不想結婚而拒絕了對方，但西山田不知道用什麼手段發現香蓮以蓮的身分玩著GGO，就以名為「Fire」的角色前來尋找蓮。實在是個令人困擾的傢伙。

蓮對於嫌棄VR遊戲，表示交往的話要阻止香蓮繼續玩下去的Fire感到相當憤怒。原本打算冷冷地拒絕對方。但是卻被人在現場的Pitohui用話術挑釁，衝動地做出「在SJ4一決勝負，先死亡就認輸並且答應交往」的約定，讓情況變得相當複雜。

這時Pitohui對因為嚴重事態而煩惱不已的蓮這麼說了。

「到時候全力裝傻就可以了。」

她如此表示。

然後SJ4就開始了。

想著這次一定要和永遠的敵人SHINC正面對戰的蓮燃燒著熊熊鬥志。

除了Pitohui、M還有不可次郎等往常的四名成員之外，這次還有夏莉與克拉倫斯等兩名女性成員加入小隊。

但蓮因為能組成攻守平衡的小隊而興奮不已的時間極為短暫，得知兩人只是為了免除預賽而參加的蓮再次發出嘆息。

而本屆ＳＪ４——

「在同一個地方待五分鐘以上就會出現怪物。以槍械擊倒的話將喚來更多怪物。救濟措施是彈藥每隔三十分鐘會完全回復。」

設置了這樣的特別規則。構思者是作為贊助者的作家。那個臭傢伙。大家心裡都這麼想。

由於受到開始地點不利的影響，ＬＰＦＭ小隊從一開賽就陷入了苦戰。

雖然奮力度過危機，但是夏莉與克拉倫斯卻從小隊脫逃，讓隊伍再次變成只有四個人。

開賽後經過五十分鐘，蓮得知了掃描的結果。

幾支聯手的小隊當中，赫然出現ＳＨＩＮＣ的名字——

第七章　至今為止的其他人

二〇二六年八月二十六日。

十二點零分。

第四屆Squad Jam開始了。

蓮在戰場東南部森林裡睜開眼睛——

又是從森林開始嗎……

在她內心這麼想的同一時間。

由香蓮就讀的大學附屬高中部新體操社組成的小隊，也就是「ＳＨＩＮＣ」是被轉送到戰場東北方的角落。

身體與臉孔都相當粗獷，小孩子見到可能會嚇哭的猩猩女眼前所看到的是……

「唔嗯……」

極為寬廣的跑道。

即使晃動辮子轉過頭去，能看見的也是由到處是裂縫的柏油路面所畫出的地平線。其上方是一片晴空，在極高處可以看見紅色暗沉光芒。

老大對同伴下達命令。

「所有人趴下來警戒周圍。冬馬妳們看見敵人的話可以射擊沒關係。」

跑道正中央的視野非常良好，但是附近完全沒有能夠立刻躲藏起來的地點。如此一來就只能趴下了。

隊友們立刻有所反應。

穿著散布鮮豔綠點迷彩服的五名女兵，隨即圍成圓形，拉開些許距離並且趴下。

黑髮狙擊手冬馬架起愛用的自動式「德拉古諾夫狙擊槍」的腳架，然後擺出臥射姿勢……

「那麼，今天是什麼樣的景色呢……」

接著窺看可變倍率瞄準鏡。

她所看的是西南方。

跑道和滑行道前方極遠處可以看見模糊的高樓大廈般管制塔，以及宛若低矮要塞般的機場航廈。

航廈前方放置著各種大小的民航機，有些飛機因為沒有輪子而機身直接貼在地面。再也無法飛行的飛機，尾翼就像墓碑一樣佇立在該處。

冬馬旁邊……

「哎呀哎呀，機場真的很寬廣。能走在跑道正中央也是其他地方無法經歷的體驗。」

五短身材的女矮人蘇菲邊這麼說邊趴了下來。

她的手上沒有持槍。

那是因為她正負責搬運物品。這支小隊最強的武器「PTRD1941」反坦克步槍與彈藥就收納在她的倉庫欄裡。由於那異常沉重，所以她就沒有攜帶機槍。

按照主辦者「要參加SJ4就準備手槍」的指示，右腰的槍套收納著「Strizh」自動手槍，至於其他成員也跟她一樣。

剛才老大之所以說「可以隨意射擊」，全是因為PTRD1941可以將子彈送至1000公尺以上的地方。

這把為了在SJ2裡轟飛M的盾牌而辛苦入手的武器，在SJ2與SJ3裡都相當活躍。口徑14.5毫米的子彈，在目前的GGO內也是最大的吧。

由於不是正統的狙擊槍，所以瞄準數百公尺以上的超長距離時命中率會大幅下降，但重點是會「伴隨強大的殺傷力」。

如果有粗心大意的敵人出現，就可以毫不留情地單方面攻擊。也可以藉由展示彈道預測線來牽制對方。另外當敵人因為警戒而放慢動作時，就能採取由其他成員靠近並且將其解決的作戰。

原本考慮到這樣的戰略而有所期待，但是……

「能見範圍內沒有其他小隊。真可惜！」

冬馬以瞄準鏡結束可見範圍內的搜敵後便這麼說道。

以規則來說，遊戲開始時與其他小隊之間至少會隔1000公尺，但那不代表「對方會在正好1000公尺處」。這裡是視野遼闊的地點，敵人應該會在更加遙遠的地方才對。

「這邊也看不到。」

這麼報告的是羅莎。她是趴在冬馬等人對面的紅髮大嬸角色。身高比老大略矮，而且體格也很壯碩。她的手上拿著俄羅斯製的傑作機槍「PKM」。

「看來在下等人又是在地圖的角落了喵？」

以在下自稱的是趴在羅莎身邊的銀色短髮加上狐狸眼的塔妮亞。

現實世界的第一人稱是「我」，到了GGO內才刻意改為「在下」。雖然經常會直接用現實世界的第一人稱，不過這就是她的可愛之處。小隊成員也大多裝成沒有注意到的樣子。

雖然比不上極端強化的蓮，但塔妮亞一直鍛鍊著敏捷性，所以在這支小隊裡是腳程最快的成員。

愛用的武器是小巧且連射性能高的「PP—19　野牛衝鋒槍」。特徵是收納了53發手槍用9毫米魯格彈的圓筒形彈匣。槍口裝著抑制發射音的消音器。

是以敏捷度、大量的子彈數以及難以被發現位置的消音，來彌補射程以及威力不足的問題。

「我想也是。被認為是強隊固然是件好事……」

以感到可惜的表情做出肯定發言的是金髮且戴著太陽眼鏡的美女——安娜。她正使用雙筒望遠鏡來仔細監視著周圍。

武器跟冬馬一樣是自動式德拉古諾夫狙擊槍，分辨要點是她的狙擊槍裝著一般的四倍固定倍率瞄準鏡。

較遠距離的狙擊就交給冬馬，安娜擅長的是快速移動的狙擊戰。這是因為角色操縱者安中萌的身體能力相當高才能辦到的事。她的性格雖然溫和穩重，但在新體操社當中也是運動神經最優秀者。

「唔嗯……」

老大依然揹著收藏了愛槍「VSS Vintorez」消音狙擊槍的背包，巨大身軀則趴在跑道上。

她因為重視迅速的動作，所以Vintorez沒有使用肩帶，因此平常是放在背包裡面揹著。之所以刻意空下雙手，是因為小隊長經常得使用雙筒望遠鏡的緣故。

趴著的老大以宛如上陸海獅般的姿態瞪著衛星掃描接收器。看見小小畫面上出現這次的戰場地圖，以及顯示在上面的一個光點後，就知道我方這次是在東北方的角落。

「所有人聽著。我們在戰場東北的角落，也就是北側與東側沒有敵人。」

她的話讓原本瞪著這邊的安娜等人蠕動身體改變了方向。所有人都看向可能出現敵人的南方與西方。

「換我來警戒。妳們把地圖牢記在腦海裡吧。」

由於老大換成拿起雙筒望遠鏡，所以其他人就看著衛星掃描接收器，然後仔細地觀察這次的戰場。

迅速將不知道什麼時候才能再次好好觀察的地圖牢記在腦海裡，是ＳＪ參賽者需要的資質。

十二點二分。

最快牢記地圖的蘇菲慢慢挨到老大身邊並且詢問：

「還是要在這裡待到掃描為止嗎？」

「這個嘛……只要對手沒有反器材步槍，這裡就是不錯的地點。條件甚至好到可以一直待在這裡也沒關係。」

「粉紅色小不點會不會利用煙霧衝過來啊？」

蘇菲露出窺看一般的笑容，老大也露出雪白的牙齒。

「希望她務必能這麼做。」

然後……

「所有人，十分前都在此待機。雖然很無聊，可別睡著了啊。」

所有人都因為老大的話而笑了起來。

但是三分鐘後就陷入再也笑不出來的狀況當中。

＊　＊　＊

十二點零分。

「memento mori」小隊也就是ＭＭＴＭ，就從地圖西北方邊緣開始這次的遊戲。

那裡是像把大都市晃動三次左右般的廢墟區域。

在外表破爛卻還是堅強聳立著的大樓之間，可以看見學會先休息的大樓躺在地上。

寬敞的道路上雖然散布著瓦礫以及車檢絕對不會通過的破車，不過大致上視野還算不錯。

在這樣的環境中，有一條並非高架，而是從地面筆直往前延伸的鐵路。

只有兩條平行的鐵軌，也就是只有單線。而在該條鐵路上，有一台巨大的鐵路機車孤零零地殘留在那裡。

那是在美利堅合眾國製造，輸出後在全世界使用的柴油鐵路機車。上面畫著虛構公司的標誌，塗裝已經破舊不堪。

說是柴油鐵路機車，但也不是由引擎來驅動，而是先發電後才以馬達作為動力。它是全長為22公尺以上，重量也高達180噸的怪物。

「又是在角落嗎？嗯，早知道會這樣了啦。」

MMTM的隊長大衛以銳利的眼光比對著衛星掃描接收器與眼前的風景。接著……

「健太和薩門爬到左前方藍色大樓上面，然後監視周圍並且記住地形。發現敵人的話不要射擊，進行報告後馬上下來。傑克跟勒克斯在鐵軌上警戒南方，發現敵人的話射擊沒有關係。波魯特先跟著我。大家輪流觀看地圖。」

迅速對同伴做出指示。

從其他成員那裡傳回「了解了」的聲音。

其實這些成員就算不特別說也能做到這樣的情況判斷與行動，但即使如此隊長還是會確實出聲來做出指示。這是為了消除誤解與主觀臆測帶來的擅自行動。

雖說是虛擬世界，這依然是攸關性命的狀況。不允許任何的大意與粗心，這就是MMTM小隊。

機槍手傑克與狙擊手勒克斯來到柴油機車前面，趴到視界與射界最為開闊的鐵路上方。

「HK21」機關槍與「MGS90」自動狙擊槍以腳架並肩設置在地面上。這兩把槍械的原型都是突擊步槍「G3」，當然口徑也同樣是7.62毫米。這種威力十足的子彈可以擊中

800公尺外的敵人。

大衛與波魯特各自拿著自己的突擊步槍來警戒著周圍。

大衛拿的是奧地利Steyr公司的「STM—556」，槍身下方加裝了槍榴彈發射器。波魯特是義大利貝瑞塔公司的「ARX160」。

拿著德國製「G36K」與比利時製「SCAR—R」的健太與薩門則是進入高大的大樓裡面。

他們四個人的槍械統一使用5.56×45毫米NATO彈。連彈匣都共通，放在背部包包裡的彈匣並非自用，而是準備提供給同伴。

這次的服裝同樣是過去瑞典軍曾經使用過的，將濃淡不同的綠色以直線基調組合起來的迷彩服。肩膀上有骷髏頭嘴咬小刀的小隊臂章。

皮帶、背帶、彈匣袋等裝備品也幾乎都跟之前一樣，不過本屆唯一有一個地方不同。按照SJ4的特別規則，所有人都裝備了手槍。

對於擅長使用長兵器（註：指長槍。也就是步槍）的他們來說，幾乎都沒有使用過交戰距離短威力又弱的手槍。他們一向在室內也使用步槍瘋狂射擊，喜歡具攻擊性的戰鬥模式。

唯一的例外是大衛，他單純因為喜好而持有與步槍同樣來自Steyr公司的「M9—A1」9毫米自動手槍。

但這次因為特別規則，手槍變成了必需品。於是所有人都在慣用手的右側腰部裝備了貝瑞塔公司製的自動手槍「ＡＰＸ」。口徑是9毫米魯格彈，一個彈匣裡裝有17發子彈。

當然他們也很清楚只是帶著的話根本沒有意義。所以在事前的練習射擊了好幾百發子彈，充分地提升了自己的實力。

十二點二分過去了。

全力跑上階梯的健太與薩門就監視位置，觀察周圍並且率先報告能見範圍內沒有其他敵人。另外也傳達了包含兩人在內的所有成員都把地圖記在腦袋裡頭了。

「好，最初的掃描之後就離開這個廢墟區域。雖然是不差的地點，但是像粉紅小不點那樣的超高速敵人過來的話會很棘手。」

大衛對同伴們做出指示。

「邊移動邊各個擊破其他小隊。順時針方向繞過地圖北側。掃描一結束就立刻移動。在東北邊緣應該有強隊存在。千萬不要大意。」

得到所有人了解了的回應後，ＭＭＴＭ就開始ＳＪ的準則，也就是第一次掃描之前的警戒待機……

「隊長！這還能動！」

辮子頭男波魯特的聲音從柴油機車的駕駛座傳了過來。他似乎利用待機的時間調查了周圍的環境。

「哦……——我去看看。周邊警戒就拜託其他人了。」

大衛把監視的任務交給其他四名成員後，隨即跑向鐵路機車。

鐵路機車的車頭是朝著南方設置，從長長車體後方的階梯爬上去後，使用側面的通道往前進，最後大衛就來到駕駛座。

接著看見確實亮著的操縱面板，以及相當充分的燃料儀表。

但是大衛他……

「我們不搭這個。」

馬上就放棄了。

鐵路稍微往東南方傾斜，以時針來說是朝五點鐘方向鋪設，一直延伸到地圖的南端。

只要操縱這台鐵路機車，就能以猛烈的速度衝過這10公里以上的距離，但是對周圍的敵人來說就是相當明顯的靶子。這段期間將一直遭受攻擊。

雖然不認為巨大的鐵路機車會輕易地被槍擊破壞，但是以電漿手榴彈破壞鐵軌的話就另當別論了。

鐵軌被轟飛之後，鐵路機車很容易就會脫軌。因為相當沉重，所以很難停下來。速度越快，「事故現場」就會越嚴重。

如果這是在ＳＪ尾聲敵人已經變少的狀況，他可能就會搭乘了吧。

因為可以獲得趁掃描期間一口氣移動來繞到敵人後方這個利多。

那麼，既然決定不搭乘，要做的就只有一件事了。

「波魯特，多留一點禮物下來。這次會自動回復，所以不用客氣。」

「了解了！」

波魯特從倉庫欄裡取出七個一般的破片手榴彈，分別將它們設置在車體後部的梯子、駕駛座的入口、駕駛座下方以及車輪附近。

要是有人不小心靠近，纖細的鋼絲被拉動後保險栓脫落就會爆炸。

而且特別設置成一旦將駕駛座底下容易看見的那一顆解除了，隱藏起來的另一顆就會爆炸。

「健太與薩門可以回來了。看完掃描我們就移動。」

大衛看了一下左手腕把錶面轉向內側的手錶。時間是十二點四分。

十二點五分。

本屆的特別規則之一發動了。

幾乎所有小隊附近都開始有偵察怪物出現。

「用槍打倒」牠的話將湧出更多的怪物，散布戰場各處的參賽者開始感到驚愕不已。

當然SHINC也不例外……

「可惡！這就是本屆的特別規則嗎！就是這樣才有彈藥完全回復啊！」

由於塔妮亞以野牛衝鋒槍輕鬆幹掉了怪物，造成娘子軍團的六名成員在沒有任何隱身處的空間被怪物們重重包圍。

「那個惡劣的作家！竟然想出如此折磨人的主意！」

老大一邊咒罵，一邊從背後取出Vintorez來擺出射擊姿勢。

「不能狼狽地死在這種地方！這是很好的熱身運動！不用客氣盡量射擊！只要蘇菲一個人警戒周圍！別漏看了趁機迫近的敵人！」

所有人都傳回「了解了」的答案。

由於這個時候已經是毫不留情的開火狀態，如果沒有通訊道具的話，應該會因為槍聲而聽不見回應吧。

「歐啦歐啦歐啦啊啊！」

羅莎的PKM機關槍開始傳出具壓迫感的重低音。其中還夾雜著兩把德拉古諾夫狙擊槍的尖銳吼聲，另外兩把安裝了消音器的槍械則完全聽不見聲音。

於是ＳＨＩＮＣ的眾人就被迫掃蕩怪物一直到掃描的時間結束。

「原來如此，是這樣嗎……」

和ＳＨＩＮＣ不同，ＭＭＴＭ顯得相當輕鬆。

這是因為怪物出現在眼前時，不想要發出槍聲的大衛以光劍將其刺殺了的緣故。

之後就不再出現怪物。周圍是一片寧靜。

當思考著「為什麼會出現怪物？」時，就從遠方傳來槍聲，所以大衛就迅速掌握了狀況。

「一開始的怪物是斥侯，沒想太多就用槍打倒的話將冒出一大堆，就是這種惡劣的機關吧。那個狗屁作家確實很可能想出這種規則。」

跟Pitohui一樣，大衛立刻了解陷阱的內容。

「不愧是隊長。簡稱為『不隊』。那該怎麼辦？」

抱著ＨＫ２１趴在地上的傑克先是這麼問道，然後又做出提案。

「東南方的小隊很近喲。要幹掉他們嗎？」

藉由經過沒有障礙物的鐵路上方傳過來的槍聲，可以知道該處有小隊正在和怪物戰鬥。應該是遊戲開始時最靠近我方的小隊吧。猛衝過去的話，或許可以趁他們注意力被怪物吸引過去時輕鬆發動襲擊。

大衛搖了搖頭。

「不，放過他們吧。」

「ＯＫ。不過為什麼呢？」

認為平常的大衛會無情加以打擊的傑克開口詢問原因，結果立刻就得到答案。

「改變作戰。這次的ＳＪ，我決定開局時不做任何逞強。就讓敵方小隊因為擊退怪物而疲憊不堪吧。不過二十五分開始的五分鐘裡則開始攻擊。因為彈藥回復之前行動會變得遲鈍。」

傑克聽到這裡就露出雪白的牙齒笑著說：

「不隊。真是狠耶。」

十二點六分。

當散布於戰場上的小隊都因為原本不可能出現卻冒出一大堆的怪物而驚訝，同時由於難以對付而嘆息時……

「好多敵人！好多靶子！」

「好開心啊啊啊啊啊啊啊！」

「竟然有這種特別規則！這實在是太棒了啊！」

「棒呆了！可以盡情射擊！」

「哇哈！Rock'n' Roll！」

有一群傢伙發出不輸給槍聲的歡呼。

沒錯，正是「全日本機關槍愛好者」，顯示名稱是ZEMAL的小隊。

他們的開始地點是地圖西南方的角落。在這次SJ4當中，他們竟然被認定為參賽者裡的「四強小隊」之一了。

但他們沒有特別想到這件事，目前只是盡情地開火。

在受到大量砲彈或者隕石攻擊，造成許多高大隕石坑的荒野這種現實裡不太能會看見的景色當中……

「嗚呀啊啊啊啊！」

滋咚咚咚咚咚咚咚咚。

五把藉由從背部以帶子連結的供彈系統而可以連射數百發子彈的機關槍不停地發出吼聲。

這是為了連射而製造出來的機關槍發揮正常實力的無情射擊。受到雨點般落下的子彈攻擊，大量湧出的怪物正遭到大量的屠殺。

「麥克斯，掩護交換槍管的Sinohara。」

「Yes，My Goddess！」

邋遢的男人聲音當中，混雜著一道清冽的女性聲音。

「休伊，左側出現大量怪物。全都是你的獵物喲。」

「遵命！嗚啦啦啊啊啊啊啊！」

「TomTom，打倒那些怪物後到正後方的隕石坑上方一邊警戒周邊一邊更換槍管。彼得，掩護他。」

「在下了解了！」

「知道了！」

被神轎扛著進入酒場的女性玩家，在一群人中心做出指示。

而且每一道指示都迅速且確實。

以三把7.62毫米等級的機槍為主要火力，然後交換位置、交換過熱的槍身等必需的空檔時就以使用5.56毫米等級機關槍的兩個人加以輔助。

完全發揮出ＺＥＭＡＬ的能力，可以說是相當有效率、強大而且美麗的戰鬥方式。

但只懂對女神的指示唯唯諾諾，並且忠實行動的ＺＥＭＡＬ眾男性成員完全沒有發覺這件事就是了。

「等等，這些傢伙真厲害……」

酒場裡看著轉播的觀眾最能了解狀況。雖然說他們總是處於所謂的「旁觀者清」狀態——

但這次ZEMAL的狀態明顯相當棒。畫面當中的他們現在非常耀眼。

胃口被養大的觀眾們，對於優秀的玩家也大方地給予稱讚。

「那些機關槍蠢蛋不知道什麼時候獲得了『背包型供彈系統』……」

「那真的很作弊。幾乎可以單方面對所有玩家瘋狂射擊！」

「但這次不只是這樣……」

「嗯嗯。」

觀眾們的眼光自然放到戴著針織帽的美女身上。

她掛在肩膀上的RPD輕機槍1發子彈都沒有發射，只是持續迅速做出指示。

她的指揮相當有威嚴且確實，也就是說極為優秀。

「真是『名指揮官』。能夠隨心所欲地操縱笨蛋與機關槍狂嗎……」

「那根本不是對比吧。」

「唔嗯，抱歉。」

十二點九分。

當眾人議論紛紛時，畫面中最後的怪物就被射穿並且消失了。

這個時候雖然轉播著許多小隊與怪物戰鬥的畫面——

最先打破這種狀況的就是ＺＥＭＡＬ。

日本、ＧＧＯ內部以及ＳＪ４的戰場都即將迎接十二點十分的到來。

在最初的掃描之前，就只有兩支小隊能夠成功屠殺所有被呼喚過來的怪物。

其中一支當然就是極為優秀的ＺＥＭＡＬ。

而另一支是……

「光學槍太棒了！」

「這是怎樣，實在太優秀了！」

「射擊射擊射擊！」

「哇哈哈哈哈！」

果然是同樣能毫無顧忌地瘋狂掃射，所有人都裝備了光學槍的「Raygun Boys」小隊，顯示的簡稱是「ＲＧＢ」。

他們所有人都裝備著ＧＧＯ才有的未來武器．光學槍——由於本體輕盈、連射快速、不受風的影響，所以遠距離的命中率特別高，優點是能源包可以射擊的彈數相當多，至於缺點則是對人戰鬥時威力會被對光彈防護罩大幅減弱。

也就是說，跟湧出的雜兵怪物戰鬥的話，光學槍是最有效率的武器。

就算被大量的怪物重重包圍住，也完全不用在意。他們就像以水管灑水般橫掃出大量光彈，將湧至的所有怪物變成多邊形碎片。

在冰凍湖面上開始ＳＪ４的他們，華麗的射擊模樣不輸給ＺＥＭＡＬ。

一個男人趴在面對湖面的高速公路上，以雙筒望遠鏡看著這煙火大會一般的光景。

男人穿著刺眼的原創迷彩服，以綠色單薄素材覆蓋住臉龐，臉上還戴著單鏡片的太陽眼鏡。完全看不見他的長相。

他自言自語般丟出這麼一句話。

「那些傢伙似乎能派上用場……邀他們加入看看吧。」

十二點十三分。

幾乎所有小隊都結束跟最初的怪物之間的戰鬥。

不論在什麼地點，怪物湧出的數量似乎都早就已經決定好了，湧出的時間大概是六分鐘到八分鐘左右。

有幾支可憐的隊伍無法抵禦宛如波浪般湧至的怪物，被爪子與利牙攻擊後全滅了。

明明是參加對人大會，身體卻被噁心的怪物撕裂，可以說是相當大的屈辱。

從另一個角度來看也很可憐的是在跟怪物戰鬥時，被行動迅速敏銳的其他小隊幹掉的隊伍。

就像被蓮他們殺死的ZAT那樣。

在視野良好的跑道上戰鬥的SHINC……

「這熱身運動有點累人啊……」

包含老大在內的所有成員都平安無事。沒有人被怪物的爪牙所傷。

但是瘋狂射擊之後使用了相當大量的子彈。因為在跑道這個沒有遮蔽物的地點無法等待對方靠近之後才射擊，必須死命進行連射的緣故。

老大讓所有成員報告完殘彈數量後，發現好一點的剩下六成，幾乎所有人都只剩下一半的彈藥。雖說不這麼做的話就無法存活，但SJ才剛開始就這樣，可以說是陷入相當嚴苛的狀況當中了。

為了警戒著敵方小隊襲來，所有人都還是趴在地上。老大一邊從倉庫欄裡取出新的彈匣……

「三十分時所有子彈會回復嗎……在那之前必須避開戰鬥才行。」

一邊以苦澀的口氣這麼說道。

蘇菲也以嚴肅的表情表示同意。

「沒有錯。這點彈藥要對付蓮太困難了——老大，現在怎麼辦？」

老大把新彈匣裝進VSS裡，接著拉下槍機。子彈隨著金屬摩擦的清脆聲響進入膛室當中。消音槍VSS在射擊時也相當安靜，所以讓這道聲音變得極為明顯。

「關於怪物呢，我想在同一個地方待超過五分鐘以上大概就會湧出吧。這是防止伏擊的機制。只要持續移動就不必在意。但這裡太寬敞了。希望能整個改變地點。改變作戰了——塔妮亞和冬馬。」

被叫到名字的兩個人回答後，老大就傳達作戰的內容。

「去找交通工具。機場航廈附近應該會有才對。塔妮亞打頭陣，冬馬在300公尺左右的後方跟著。十二點二十分沒發現的話就回來。其他人則是待機。經過四分鐘後緩緩往北方移動。」

「了解！我走了！」

「啊，別跑太快啊！」

腳程最快的塔妮亞，以及藉由現實世界技能而能夠駕駛手排車輛的冬馬從跑道往前奔馳。

飛毛腿塔妮亞的背部一下子就變小了。後方揹著長長德拉古諾夫狙擊槍的冬馬則是以符合常識的速度追了上去。

只有兩個人的話，要是被敵方六人小隊逮住的話就不可能獲勝了吧。

不過這也是作戰。

如果一定要有人出去偵察的話，犧牲還是少一點比較好。如果領頭的塔妮亞被擊中，那麼隔了一段距離的冬馬也不會保護她，應該會立刻回頭吧。

作為斥候的塔妮亞，不論什麼戰鬥都有率先被擊中的覺悟，同時也肩負死前必須把敵人的位置、數量以及槍械種類傳達給同伴的使命。因為默默死亡與傳達這些資訊後才喪命，對於小隊來說會造成相當大的差異。

所以斥候必須盡可能記住GGO裡頭槍械的外表與種類，可以的話甚是槍聲。因為要靠疼痛感來判斷是什麼樣的子彈，以及從多遠的距離被擊中實在太困難了。

像這樣下達一兩個人可能會死亡的命令也是隊長的責任。

這時候隊長本人則是把手貼在左耳上。為了不阻礙兩個人而暫時把通訊道具切斷，然後小聲地呢喃：

「再來就只能祈禱她們能找到些東西了。」

「是啊。這次真的很辛苦。」

靜靜來到身邊的蘇菲同樣切斷通訊道具，直接對著老大這麼搭話。

老大看向可靠的搭檔，咧嘴露出笑容並且回答：

「我想蓮他們也是一樣。」

當待在戰場東北方角落的老大露出不能讓小孩子看見的笑容時……

「…………」

「…………」

從該處往西數公里處的廢墟裡頭，有一支一言不發，只靠身體動作與手勢來溝通意思並且默默前進著的小隊。

展現天衣無縫合作的一群人，當然就是ＭＭＴＭ了。

現實生活中絕對不可能出現高樓大廈在保持原狀的情況下直接從底部傾倒在地上的景色。

這種高度的大樓要是倒塌了，絕對會整個崩壞。

ＭＭＴＭ警戒的不是前進方向或者左右，而是從其他建築物的窗戶與屋頂發動的攻擊，也就是為了讓整支小隊沒有死角而移動頭部，同時迅速在道路上前進。

那是宛如樹葉流經岩石外露的河面時那樣順暢且簡潔的動作。

他們之所以在移動中完全不說話，是為了不錯過可能存在的敵方小隊不小心發出的聲音。當然也是為了聽見朝我方發射的槍聲以及子彈飛過來時的聲音。

經常受到敵方怪物與其他玩家射擊的ＧＧＯ玩家，將會逐漸靠感覺就能得知從多遠的距離被什麼槍械在什麼樣的角度下被擊中。

能夠同時通話的通訊道具固然相當方便，但是初學者會變得老是倚賴該道具而疏忽自己的耳朵。而且小隊內要是說太多不必要的內容，就有可能漏聽了敵人的動作所發生的聲音。

在可能與敵人接觸的地點，隊長只會做最低限度的發言，而部下們也不會進行無謂對話就是強隊的條件。

「…………」

斥候健太把Ｇ３６Ｋ架在肩膀上，在槍口幾乎沒有搖晃的情況下前進著。倒在右側的大樓成為牆壁隱藏住他的行動。

當來到地基部分外露的右角時，健太迅速換成左手拿著Ｇ３６Ｋ，然後緩緩窺探前方。確認沒有敵人後，就以手勢對後面的波魯特做出可以前進到這裡沒關係的指示。

ＭＭＴＭ以行雲流水的動作經過廢墟。

不必費心對付怪物的他們，時間上相當充裕。他們一邊看著左手邊那些鐵柱拉起的有刺鐵線，也就是戰場北端，一邊持續地快速移動。

他們忍者一般的行動一直持續到二十分的掃描之前，而這段期間完全沒有跟敵人接觸。

十二點二十分。

「來了喲！第二次的掃描時間！」

酒場的大畫面裡不斷顯示出小隊的地點與名稱。

還存活的話就是明亮的白點，全滅則是灰點。另外數字也顯示在旁邊。

看起來像「田」字的戰場地圖上剩下二十一支隊伍。有九支全滅了。

看見蓮他們的LPFM與SHINC、MMTM、ZEMAL等隊伍都還存活，觀眾們也鬆了一口氣。

「強隊果然還是能輕鬆存活下來呢。」

「才不想看見我們的小蓮被雜兵怪物幹掉。」

「就是說啊。還有，已經講過好幾次了，她才不是你的。」

「這樣啊——是『我們』的。」

「這我不否定。」

「不否定嗎？」

由於蓮他們顯示在地圖上的位置是在南方角落，酒場的一角發生了一陣騷動，不過就先別管這件事了……

「欸，ＭＭＴＭ和ＳＨＩＮＣ很接近吧？」

酒場觀眾注意的焦點轉移到地圖北側逐漸接近的兩支隊伍上。

從西北角落開始的ＭＭＴＭ和從東北角落開始的ＳＨＩＮＣ。兩支隊伍似乎同樣是橫向移動，所以距離就不斷縮短。

十二點二十分的現在，ＳＨＩＮＣ在機場左端。ＭＭＴＭ則是在廢墟的右側。

也就是隔著經過中央的高速公路，兩者之間大概有１．５公里左右的距離。

「這下可能會碰見喔！」

「可能會碰見喔！」

「嗯嗯，很危險呢！」

酒場裡諸位男性的發言裡帶著濃濃的期待感。

「ＭＭＴＭ那群傢伙嗎……」

老大目前待在車輛的副駕駛座上。

那不是普通的車輛。

是全長8公尺左右的中型卡車，車架上搭載了巨大的梯子，也就是被稱為「客梯車」的特殊車輛。

這是讓乘客上下停在廣大停機坪的客機時所使用的，只有在機場才能見到的車輛。

時間稍微回溯，那是剛過十二點十五分時發生的事情。

為了尋找交通工具而像子彈一樣衝出去的塔妮亞，立刻就在航廈附近找到了客梯車這台可以操縱的車輛。

駕駛的當然是追上來的冬馬。說起來這是自排的車輛，所以駕駛起來不會太困難。

SHINC成員再次會合，開始用這台車子來移動。

駕駛座上坐了兩個人。如此一來剩下的四個人——就是在車輛後部，階梯的上方。

雖然階梯左右兩邊有高大的牆壁，但是沒有屋頂。為了能抵達飛機的艙門而斜向聳立於空中。

由於艙門的高度會因為飛機的種類有所不同，所以階梯的位置可以上下調整，目前距離地面大概是4公尺左右的高度。

在極為平坦的跑道上擁有這種高度的話，將會帶來很大的優勢。

在視野良好的階梯最上方，羅莎架起PKM機關槍，其右下方的冬馬則架起PTRD1941反坦克步槍，蘇菲則是在兩人身後看著雙筒望遠鏡。

這是一發現遠方敵人就單方面瘋狂射擊的布陣。

只有塔妮亞一個人……

「只有在下～被排擠～不過～沒關係～」

獨自坐在車體後部，一邊唱歌一邊保持警戒。

搭載了機槍與反坦克步槍，變成「移動式槍架」的客梯車，在機場的跑道上緩緩往西邊前進。

原本打算一發現敵人就降下子彈雨——但是到十二點二十分為止，在寬敞的機場內都看不到會動的物體。

「看來是逃到航廈裡面或者機場外面去了。」

老大這麼說道。

然後在十二點十九分五十秒時把車停在跑道上，觀看了第二次的掃描——

得知MMTM就在附近。

老大詢問頭上的同伴。

「ＭＭＴＭ在西方１．５公里處的廢墟外圍。有誰看見了嗎？」

蘇菲從階梯最上方回答：

「看不到。雖然可以清楚看見高速公路和廢墟，不過人就沒辦法了。」

接著冬馬又表示：

「我的瞄準鏡裡也沒看到。」

「知道了。不要大意。如果發現就開火沒關係。」

送出命令之後，老大就發出「唔」的沉吟聲。

她的腦袋開始運轉。

沒想到一開局就要和ＭＭＴＭ發生戰鬥。老實說，這不是什麼值得高興的情形。

大混戰的最終目標當然是獲得「優勝」，所以ＭＭＴＭ是之後會遇上，然後也一定得對上的敵人——但是跟他們比起來，我方有更想戰鬥以及打倒的對手。也就是蓮。

但是剛才的掃描顯示粉紅兔子是在地圖的南端。距離相當遙遠。需要更多時間才能遇見她吧。

在那之前，應該如何處置就在近處的ＭＭＴＭ呢？

只要這台車子還在這條跑道上，我方就相當有利。因為能在平坦處的制高點瞄準敵人。目前車輛也還有充足的燃料。

但ＭＭＴＭ這種老練的隊伍應該立刻就會理解情況，並且思考打倒我方的對策。比如說讓輪胎爆胎的攻擊之類的。或者以隊長持有的槍榴彈發射器發射煙霧彈，奪走視界後迫近之類的。又或者是以狙擊槍瞄準油箱。當然也有全部加以實行的可能性。

自己都可以想到的作戰，ＭＭＴＭ那群傢伙不可能想不到，甚至有可能實行更棒的策略。

幾秒鐘後就結束思考的老大，隨即開口對所有人宣布：

「避開與ＭＭＴＭ的戰鬥。今天歡樂的兜風時間就到此為止了。」

然後又加了一句：

「塔妮亞，把牛皮膠布拿出來。羅莎拿出ＰＫＭ的替換槍身，然後我——」

十二點二十分。

藉由掃描得知最近的敵人是ＳＨＩＮＣ的大衛……

「旗鼓相當的對手。那麼，在幹掉她們之前，先去報上名號吧。」

臉上露出了猙獰的笑容。

打招呼什麼的，是遠在ＳＪ２開始之前……

「各位在被殺掉之前，請確實地報上名號喲。」

還記得酒場裡老大曾經這麼表示才會說出這段台詞。

乍看相當冷酷的大衛，也清楚記得Pitohui的事情，所以其實是相當會記仇的類型。

「了解！」

其他成員也因為對手是SHINC而感到幹勁十足。

掃描的結果，發現許多隊伍聚集在地圖的中央部。如果那不是聯手而是亂戰的話，也有趁機過去大戰一番的策略，但目前就先決定無視他們了。

「『蛙跳』到高速公路。上吧。」

在大衛的指示下，開始了名為「leapfrog」的行進方式。翻譯成中文則是「交互蹲跳」。

在三個人警戒周圍保持隨時可以開火射擊的情況下，其他三個人就往前奔馳。越過停止的伙伴後就停下腳步，輪流進行移動與警戒。不用說也知道，只要有人跟敵方接觸，就會立刻進入戰鬥狀態。

MMTM的六個人就這樣穿越廢墟來到高速公路上。目前該處沒有任何敵方隊伍。

大衛他們的眼前橫躺著寬闊、巨大的高速公路。

由於藍本是美利堅合眾國的風景，所以並非高架型。日本的話高速公路大多是在上方，交叉的國道則是鑽過下方，但美國幾乎是完全相反。

路面是有許多細微裂痕的灰色水泥，光是單邊就有四線道。而且每個車道都相當寬敞，包含路肩在內的話，寬度大概將近100公尺。

雖然可以看見燃燒、翻覆，以及不知道發生什麼事情而徹底變成只有一半的廢車，但整體來說還是很空曠。可以說是前後左右視野都很不錯的地點。

中央分隔島是寬數十公分，高一公尺左右的白色水泥磚塊。像是小孩子的牙齒一樣，到處都是缺塊。

從缺塊的部位可以清楚看見高速公路對面有一處沿著道路的凹陷。

以深度來看剛好可以躲藏一名站立的人。爬上潮濕土壤所形成的斜坡後，前方是到處開洞的圍牆，圍牆的後方則是一整片機場。

「好，上吧！」

機槍手與狙擊手警戒著周圍，首先由飛毛腿健太開始過馬路。專心一志的他連槍都沒有舉起來，只是以全速往前衝。如果被擊中就只能隨機應變了。屆時只希望同伴們能幫忙以最大火力來應戰。

然後——不論是從道路還是機場，他們都完全沒有被擊中。

健太藏身於凹陷處後，就迅速開始確認周圍。

「對岸安全！沒有敵蹤！」

「波魯特，上吧！」

接著波魯特就衝了出去。

就這樣，小隊的每個人都以最快速度衝過道路。

要橫越道路或者淺川等開闊又危險的地點時有許多做法。其中也有兩個人同時，或者剩餘的所有人一起橫越的方法。

他們應該是把能縮短橫越時間的優點和可能因為機槍的一次掃射，或者1發手榴彈而全滅的機率放到天秤上衡量後，才選擇喜歡的方式吧。

「上吧，薩門！」

ＭＭＴＭ的成員一個一個往前跑。

酒場內的男人們看著ＭＭＴＭ成員橫越高速公路的轉播畫面並且做出預測。那完全是不負責任的預測。

兩個男人在站著喝酒的圓桌前面……

「骷髏頭小隊和ＳＨＩＮＣ的正面衝突嗎？真讓人熱血沸騰！」

「戰場是機場的話，娘子軍團比較有利吧。鏡頭剛才稍微照到客梯車了吧？可以從上方瘋狂射擊喲。」

「但是那種車子從遠方看也很顯眼。移動的話誰都知道ＳＨＩＮＣ坐在上面。對於ＭＭＴ

Ｍ來說是絕佳的靶子。以他們的實力，應該很容易就能完成攻略吧。」

「就是這點！」

「哪一點啊？」

「娘子軍團只要把車子停下來就可以了。躲在靜止的車子裡面，對方就會以為是放置車輛而不小心靠近吧？到時候就拚命開火即可。」

「你的預測太樂觀了吧。我不認為骷髏頭的傢伙會犯下這種錯誤喲。」

「哦？那你要賭ＭＭＴＭ贏嘍？我賭娘子軍團。乾脆一點直接賭一千點如何？」

「好啊。賭就賭！」

知道這裡不適用日本法律的兩個人擅自開始賭起錢來，但是——

幾分鐘後兩個人就同時感到非常失望。

十二點二十五分。

在到處是破洞的生鏽圍牆前面，大衛等ＭＭＴＭ成員就趴在斜坡的最上方。

前方是跑道、滑行道以及其間的土壤這樣的廣大空間。遠方可以看到朦朧的地平線。天空中的雲開始變多了，然後風也逐漸變強。

ＭＭＴＭ維持臥姿，首先開始觀察起周圍。

本來就不能魯莽地衝進眼前視野開闊的空間。何況ＳＨＩＮＣ還擁有反坦克步槍。

要是遭對方以緊貼在地面的狀態伏擊，那就相當麻煩了。當他們認為會很難找到敵人的時候……

「東南東！一台車輛正在移動！」

勒克斯輕易就從架著的狙擊槍瞄準鏡裡發現敵蹤。

「是客梯車。距離約１２００公尺，從右前方低速接近中。將往左前方橫越。」

聽見報告後，大衛就把自己步槍上的瞄準鏡倍率調到最大。然後把槍靠在斜面，確實擺好姿勢來觀看敵人。

「看見了。」

由於距離相當遠，所以還有點模糊，但的確看見了。

背負著巨大階梯的顯眼車輛從東南東方向緩緩在跑道上行駛。以時速來說大概是10公里左右吧。

從剛才掃描的位置來看，駕駛車輛的應該是ＳＨＩＮＣ不會錯了。

大衛持續觀察著。

駕駛座上看不到人影。應該是為了避免隔著玻璃遭到狙擊而蹲下來，緩緩操縱油門與方向盤吧。雖然看起來很難駕駛，但有同伴指示的話絕對不是辦不到。

客梯車最上方本來就是很高的位置，而且因為從斜面的位置看車體，所以被牆壁擋住而看得不是很清楚。

不過還是可以看出一根細細的棒子稍微往前突出。那無疑是SHINC所使用的PKM機槍的槍身。這樣子就很清楚了。客梯車上方變成了槍架。

當勒克斯對伙伴們說明情況的期間，大衛就發出沉吟聲。

絕對不能夠隨便靠近，讓我方被她們從梯子上方單方面攻擊。在沒有藏身處的跑道上戰鬥相當危險。何況SHINC還擁有反坦克步槍。

加上對方有車子這個機動力。一旦落居劣勢，只要稍微踩下油門，就可以輕鬆拉開距離。

現在的狀況對MMTM不利，但是又不想做出放棄一決勝負而逃走的選擇。

這是能在不受其他隊伍干擾的情況下與SHINC這個強敵戰鬥的機會，而且放著那輛客梯車不管也不是太好的選擇。

最重要的是SJ結束後……

「哎呀？害怕跟我們一決勝負而逃走了嗎？嗯，小子們確實很聰明。真的很懂得明哲保身。了不起了不起。」

要是被娘子軍團這麼揶揄，那真的會氣死人。

那麼，要在「最小的傷害」之下從「沒有遮蔽物的平地」攻略那座「移動要塞」的作戰是？

大衛的腦袋高速轉動。

槍林彈雨的GGO戰場，簡直就跟快速下將棋一樣。幾乎沒有思考的時間。必須立刻做出決定。

三秒鐘後，大衛便表示：

「勒克斯，可以擊中那輛車的油箱嗎？」

「沒辦法，我找過了但看不見。應該在另一邊。」

「那麼可以狙擊輪胎嗎？想讓它的行動慢下來。」

「距離縮短到600公尺就可以。現在是800！」

「好。往左手邊移動100公尺後，等距離縮短到500公尺就任意開火讓它爆胎。波魯特到勒克斯身邊，幫忙監視梯子上方的彈道預測線。」

兩個人回傳「了解了」的答案。接著迅速朝著左前方的SHINC，也就是北側的窪地中跑去。

大衛又繼續做出指示。

「車子停下來的話，我就朝前方發射煙霧彈。但是不要所有人發動突擊。只是讓她們覺得會這麼做。傑克透過煙幕在車子附近布下彈幕。只有我一個人靠近，等煙霧散去後就發射所有一般的槍榴彈。健太和薩門，等車子被破壞之後，我會視狀況做出突擊命令。在那之前就警戒周圍。」

所有人回答了解了之後，健太……

「這樣只有隊長一個人處於極度危險之中吧？」

就說出這種擔心的發言。大衛則是……

「我要獨占功勞。」

這麼說著並且咧嘴露出笑容。

十二點二十八分。

「距離500。開始作戰。」

勒克斯從趴在圍牆前的狀態開始用MGS90進行狙擊。

7.62毫米的子彈隨著具魄力的槍聲飛出，低空飛過寬廣的機場跑道。

0．8秒就飛過500公尺距離的子彈，漂亮地命中客梯車左前方輪胎令其爆胎。

勒克斯壓抑興奮的心情並且調整呼吸，將緩慢前進的車輛後輪與瞄準鏡的十字線重疊在一起。手指觸碰扳機後著彈預測圓就出現在鏡片當中，配合著心跳不停收縮。

先不管無預測線射擊這種例外，通常的狙擊就只有敵人不清楚位置時的第1發子彈才會看不見彈道預測線。

因此這個時候坐在客梯車上的ＳＨＩＮＣ成員應該都看見勒克斯的彈道預測線了。應該立刻就會以機關槍、狙擊槍或者反坦克步槍對預測線的根源進行猛烈槍擊才對。

勒克斯戰勝想逃走的心情，把從瞄準鏡十字線上稍微錯開的圓形中心對準輪胎，然後等圓縮到最小的瞬間就扣下扳機。

這個時候需要的天分就類似重視時機的「音樂遊戲」，而不斷拚命進行相關練習的勒克斯這次也沒有失手。

再次響起的槍聲與飛舞到空中的金色空彈殼。

可以看見兩發子彈並排擊中後輪的後方，將上面的橡膠整個撕裂。

「很好！好棒的技術。先觀察一下狀況吧。」

在南側１００公尺外看見這一幕的大衛做出這樣的命令。

失去左側兩個輪胎的客梯車，開始緩緩轉動方向盤。由原本從ＭＭＴＭ的眼前往左側橫越的路線變成往正面過來。

「隊長，馬上就可以瞄準右前方的輪胎了。讓它完全停止移動比較好吧？」

大衛沒有回答勒克斯的問題，只是輕輕把疑惑說出口。

「為什麼1發都沒有射擊……？為什麼會毫無反應……？」

接著腦袋就浮現出一個假說。

「傑克！」

「朝車子轟個100發子彈。沒有擊中也沒關係。」

「了解！」

在大衛身旁10公尺處的傑克，透過圍牆的洞穴把HK21機槍擺在地面，然後開始全自動射擊。當然目標是客梯車。

雖然機槍子彈的命中率無法像狙擊槍那麼高，但發射出去的子彈數量相當大，而且這次的靶子也非常巨大。

音速飛出的子彈持續命中車體與梯子，爆散出黃色火花。

但是客梯車卻還是悠閒地行駛著。沒有任何人開火反擊。

「啊啊可惡！原來如此！被擺了一道！傑克——停止射擊！」

大衛咒罵了幾句後就做出停止射擊的命令。讓世界變得吵雜的機槍倏然停止咆哮。

大衛又對露出狐疑表情的同伴們宣告：

「各位，我們被娘子軍團擺了一道——那台車子裡沒有人。」

波魯特以雙筒望遠鏡觀看接近到400公尺左右的客梯車……

「是真的！梯子上的槍身只是把替換用的槍身放上去而已……」

然後做出這樣的報告。

即使失去左側的兩個輪胎，客梯車還是緩緩前進，逐漸靠近MMTM。這樣放著不管的話，在汽油耗盡之前，它將會從右側橫越前方，然後不斷在寬敞的機場裡繞圈圈吧。

「趁我們迎擊車子的時候，娘子軍團現在應該輕鬆地逃到戰場南方或者中央了吧。她們讓我們白白浪費了十分鐘的時間。」

聽見大衛的話後，傑克他就……

「真有一套……之後得好好地謝謝她們才行。」

一邊更換HK21的彈匣一邊這麼表示。

在往北100公尺處的勒克斯與波魯特也回來跟大家會合。

時間是十二點二十九分。MMTM來到這個地點馬上就要五分鐘了。

「不想陪怪物玩，所以我們要立刻移動。沿著戰場北側的境界線在機場裡前進。移動中邊收看掃描。」

在大衛的指示之下，所有人就站起來鑽過鐵絲圍籬。

然後在隔數公尺的情況下散開來，一邊警戒著周圍一邊緩緩在柏油路上往前走。

目標是北方。沿著戰場最北方邊界前進的話，敵人就無法繞到背後，這跟蓮他們採取的作戰一樣。反過來說，要是被敵人壓著打的話就無處可逃了，所以只有具備擋下敵人的火力與膽量的小隊才能實行這個作戰。

前進了一會兒後……

「隊長，那台客梯車該怎麼處置？」

薩門就開口這麼詢問。

「把它轟飛吧。其他人準備收看掃描。」

雖說已經爆胎，但並非完全無法行駛，丟著不管而讓其他敵人撿走就麻煩了。於是大衛決定將其破壞。

MMTM與客梯車的距離目前大概是300公尺左右。這是在槍榴彈發射器的射程裡面。放著不管的話，它將會越離越遠吧。

大衛停下腳步並且斜斜架起STM—556。

雖然也可以用槍械射穿油箱，但還是有更加輕鬆的辦法。

大衛握住彈匣來取代握把，手指靜靜觸碰槍身下槍榴彈發射器的扳機。

確實將進入視界的著彈預測圓與客梯車前進方向的地面重疊在一起。

這是十二點二十九分五十五秒發生的事情。

客梯車爆炸了。

被捲進藍白色奔流當中，車體與梯子全都變成粉末並且消失無蹤。所在的空間逐漸被藍色球體所吞沒。

「什麼！快趴下——！」

手指從快發射的槍榴彈發射器上移開，大衛以像要親吻跑道般的速度趴了下去。ＭＭＴＭ的其他成員晚了一拍後也全部跟著這麼做。

藍色爆炸發出轟天巨響來敲打ＭＭＴＭ所有人的耳朵。

「嗚呀！」「哆哇！」「咕！」「咕哈！」「嗚咿！」

出現複數的藍色球體，像泡泡一樣重疊在一起並且不斷往外擴散。其直徑寬達50公尺以上。

客梯車完全粉碎，柏油路面開了個洞，因此而誕生的微小碎片則是以音速散落在周圍。

碎片就跟子彈一樣發出低吼飛了過來。一邊連續發出「咻！」的破風聲，一邊通過隔了300公尺以上的ＭＭＴＭ頭頂。

幾個碎片擊中地面，發出彷彿子彈命中時的尖銳「嗶唏！」聲。

藍色爆炸止歇後過了幾秒鐘，飛過來的碎片聲也完全停止……

「大家都沒事吧……」

大衛在趴著的情況下，將眼神移向所有成員顯示在視界左上角的HP條，得知沒有倒楣遭到碎片直接擊中的伙伴。

把視線移回前方，發現客梯車已經完全遭到電漿奔流融解，只殘留些許零件在現場。

爆炸中心地的柏油被刨空，形成一個直徑30公尺左右的坑洞。

而且從該處的半徑250公尺以內都散落著拳頭大的柏油碎片。

要是被那種東西擊中，絕對不可能毫髮無傷。再靠近50公尺的話，所有人的HP說不定都會有危險。

「那些傢伙……把身上所有的電漿手榴彈都裝上去了吧……猩猩女應該有許多巨榴彈才對。就是上屆SJ交給粉紅色小不點，把客船炸成兩半的東西……」

大衛緩緩站起來恨恨地這麼說道。

為了研究而看過所有SJ3的戰鬥轉播，幾乎所有出場者的武器、裝備、戰鬥模式都已經牢記在腦海裡。

這時傑克……

「真的假的，太浪費了吧——不對！因為會『復活』嗎……」

話說到一半就注意到了。

「沒錯。真的很有一套……這是計算到特別規則的彈藥復活，以及我們不會躲避勝負而設下的陷阱。可惡……」

大衛英俊的臉龐猙獰地扭曲了起來。

「現在娘子軍團們的倉庫欄裡，電漿手榴彈應該完全復活了吧。但是——」

「但是？」

「應該同時知道我們還活著了。想要大笑還太早嘍，伊娃。」

時間是十二點三十分三十秒。

第三次的掃描已經開始了。

SECT.7

第八章　少女們的危機

該處是飛機的墓地。

寬廣機場用地的西南部有一處停機坪。雖然不是跑道，不過是鋪設了一整面柏油的廣大空間。巨大的場地呈現一片深灰色。

上方有一打以上有錢人用來移動，以金錢購買的話必須花費數十億的商務噴射機在半徑30公尺左右的狹窄空間內重疊在一起。

它們有的車輪折斷，有的整個翻倒，還有的不知道發生什麼事而漂亮地折成前後兩半。機體的塗裝因為脫落而破舊不堪，玻璃窗幾乎全都脫落，座位的坐墊整個綻開了一個洞。

雖然SJ裡有許多交通工具，但是似乎無法操縱這些飛機。說起來SHINC裡面也沒有人擁有操縱飛機的技能，另外現實世界裡也沒有人能讓它飛起來。

周圍雖然是寬敞的空間，但只有一個地方像把玩具箱翻過來一樣，聳立著高10公尺左右的小山。而該處是相當適合玩家藏身的地點。

SHINC的成員就像老鼠一樣躲藏在該處……

「唔嗯，果然沒那麼容易嗎？畢竟是MMTM啊。」

以有些不高興的表情看著第三次掃描的結果。

在十分鐘前，ＳＨＩＮＣ決定將「定時炸彈」設置在自己搭乘的客梯車當中。這也是送給ＭＭＴＭ的禮物。

讓車內無人也能駕駛的機關其實很簡單。

首先在方向盤最下部以牛皮膠布綑上大量的電漿手榴彈作為「鎮石」。這是就算方向盤有些歪掉，也能夠因為這些重量而讓輪胎回復筆直的機關。

在油門的上面放置大量通稱為巨榴彈的大型電漿手榴彈然後也加以固定。但是為了不讓速度太快，另外在油門後方鋪上機關槍的彈鏈。

這些花招當然都是靠具備車輛知識的冬馬。

梯子上的槍身只是用ＰＫＭ機關槍的替換槍身擺個樣子而已。雖然和彈藥不同，持有者將會失去這個零件，但是其價格不算太昂貴，所以還能夠忍耐。

堆積起來的電漿手榴彈全部將計時器設定為十二點二十九分五十五秒到五十九秒之間爆炸。雖然1發爆炸的話就會將所有手榴彈誘爆，但還是審慎行事。

像這樣把無人且緩緩前進的客梯車送出去後，ＳＨＩＮＣ就開始全力朝西南方奔馳。

雖然藉由掃描確認過機場沒有光點，但還是有離開隊長的伏兵，尤其是棘手的狙擊手殘留在航廈或者管制塔的可能性。

尤其是特別高大，目測有100公尺以上的管制塔最是麻煩。要是這裡被敵人占領，那麼周圍三百六十度，半徑800公尺以內都相當危險。

SHINC沒有絲毫大意，在只要有人被擊中就立刻躲藏並且加以反擊的心理準備下奔跑著。

鑽過並排在空橋旁邊那些快要腐朽的大型客機，最後找到現在的地點，一邊注意詭雷一邊躲了進去。

這段期間，沒有受到任何子彈的攻擊。

「那麼……我們的宿敵蓮在哪裡呢？拜託不要已經死亡了啊。」

老大擴大畫面，觸碰地圖東南部，濕原地帶前方橋梁附近的光點。

正如期待出現「LPFM」的名字……

「嗚哇哈哈！」

她就發出了恐怖的笑聲。如果是現實世界的女高中生新渡戶咲，這時候應該很可愛吧。

「很好很好！終於願意離開森林了嗎！」

老大打從心底發出微笑。

因為要是蓮他們選擇躲在裡面直到比賽尾聲的話，那會對我方相當不利。

就算充滿鬥爭本能的蓮和Pitohui不太可能這麼做，那支隊伍的隊長是名為M的冷靜男性。老大一直擔心他會採取更加安全且確實的作戰。

「看來這次真的可以認真地一決勝負了……」

因為能和蓮戰鬥而感到高興的老大，希望蓮也能夠跟自己有同樣的心情。

接著老大就觸碰最左邊橋梁，以蓮他們來看是相反方向，也就是待在住宅區的敵方小隊。結果出現本屆首次出場的「DOOM」這個名字……

「唔唔？」

看見他們以掃描中也能分辨出來的高速移動當中，就知道他們使用了交通工具。那群傢伙正朝向最左邊的橋梁。

也就是打算迎擊蓮他們。雖然距離我方目前所在地不算遠，但是以這種速度移動的話，根本不可能追上他們。

「蓮接下來的對手就是這些傢伙嗎……別死了啊。」

老大幫敵人加油打氣。加油的對象當然是蓮。

判斷接下來的十分鐘不會和蓮他們發生戰鬥後，包含老大在內的SHINC成員就開始探查其他敵人的動向。

戰場的左下方，也就是西南部，ZEMAL正在該處肆虐。

在因為隕石坑而凹凸不平的地形中心，被幾個灰點包圍的白色光點就是ZEMAL。這個區域除了他們之外就沒有存活的隊伍了。他們已經完全支配了那個地點。

「那群機槍手變得很厲害了呢……」

老大老實地發出驚嘆聲。同樣使用機關槍的羅莎……

「那個供彈系統真的很作弊。啊啊……好想要喔。」

忍不住老實說出內心的感想。

算起來是剛好是在十天前的遊戲測試之後，羅莎就很想要新的裝備，但是手邊的金錢完全不足。

那天看見能夠持續發射將近1000子彈的背包型供彈系統的設計圖，以及高命中率的新型機槍「PKP通用機槍」並排在店裡面。兩種商品自己都非常想要。真的真的很想要啊。

GGO裡也有投入現實世界金錢來購買的方法，但還是跟高中生能拿得出來的零用錢差了兩位數。

「就把懊悔的心情灌注在子彈上來攻擊敵人吧！」

塔妮亞這麼表示。

大量用在怪物身上的子彈，果然按照特別規則完全回復了。丟棄的空彈匣在SJ之後雖然會回歸，但這次是連同子彈一起回到倉庫欄裡。用來設陷阱的電漿手榴彈也是一樣。

老大的眼睛看向地圖左上角，也就是西北部。

廢墟區域裡到處可以看到白點。統計之後總共有六個。還沒有出現全滅的隊伍。

活下來的六支隊伍之中，有兩支隊伍的名字老大有印象──就是「ＴＯＭＳ」與「Ｔ－Ｓ」。

包含ＳＪ３時加入背叛者小隊的柯爾在內，全都是腳程快且裝備輕的飛毛腿小隊，以及包含艾爾賓在內的成員防禦率全都突破天際的ＳＦ護甲小隊。

這個地方就暫時交給他們去互相殘殺吧。盡情地大戰一番沒有關係。最後同歸於盡的話就更好了。

如此一來，剩下來的大部分敵人，當然就只有在地圖中央部分的左上方了。

像四葉草般的高速公路交流道，其左上方的冰凍湖面上。從自己這邊來看，是在西側隔了高速公路大約２．５公里左右的位置。

白色戰場地圖上的白點不是很顯眼，但是確實擴大地圖後一看就能發現有六支隊伍聚集在２００公尺的四方形裡。

在視野應該相當良好的平坦冰面上，有這麼多小隊靠這麼近的話，應該不是在戰鬥吧。絕對是攜手合作了。散布在周圍的灰點就是被他們幹掉的小隊吧。

「握手合作的聯合隊伍吧。這屆也出現了嗎……要看嘍。」

老大以粗大的手指觸碰所有光點，出現的名字是……

「『ＷＥＥＩ』、『Ｖ２ＨＧ』、『ＰＯＲＬ』、『ＲＧＢ』、『ＷＮＧＬ』、『ＳＡＴＯＨ』……原來如此，全都不認識。」

全是至今為止的三屆ＳＪ裡未曾看過與聽過的隊伍。唯一的例外是ＲＧＢ。

「ＲＧＢ是那個吧。ＳＪ２時被不可次郎小姐，ＳＪ３一開始就被我們打倒的光學槍隊伍。」

冬馬開口這麼說道。她用捷格加廖夫反坦克步槍的狙擊，把他們的身高減少了一半。

塔妮亞銳利的眼睛底下露出笑容……

「但是，這次那些傢伙很有利喔。用光學槍瘋狂開火，就能輕鬆擊退怪物了！」

老大也理解究竟是怎麼回事了。

「嗯。就是這樣才會被叫去參加聯合隊伍。看來有他們發光的地方了。這下子那群人就算完全不移動也無所謂。可以在湖面上愛待多久就待多久了。」

「真是狡猾。沒有讓湖面的冰裂開的方法嗎？這樣就能讓他們全滅了啊。」

聽見蘇菲的問題後……

「電漿手榴彈的話或許……不對，光是能在爆炸地點炸出一個洞就很不錯了。面積實在太大了。」

老大就這麼回答。

「讓某種沉重的車子在上面奔馳如何？人類或許沒辦法，但我在俄羅斯經常聽見車子讓冰凍的湖面破裂並且直接沉下去的新聞喔。從上面雖然看不出來，但是車子經過的痕跡會變得比較容易裂開。」

冬馬又這麼表示。

不愧是現實世界往來於日本與俄羅斯之間的米蘭。擁有許多一般日本人不會知道的知識。

像俄羅斯這種極度寒冷而且寬廣的國家，經常有把結凍的湖泊或河川直接當成道路使用的情形。因為許多時候這樣能夠更快速抵達目的地。

然後其實經常會出現沉沒的事故。

「原來如此，車子嗎？像剛才那樣，讓無人且沉重的交通工具奔馳的話，一口氣就……」

當老大發出聲音時，花了大量時間的掃描剛好結束了。

十二點三十分的結果是——

蓮他們在森林中，最靠東側的橋梁前方。

勇敢地挑戰他們的ＤＯＯＭ則是在橋的另一邊。

我方ＳＨＩＮＣ則是在機場的西南部。ＭＭＴＭ在機場北部。

ＺＥＭＡＬ在戰場西南部的隕石坑地帶。

湖面上有攜手合作的六支隊伍。

包含ＴＯＭＳ與Ｔ—Ｓ等六支待在廢墟區域的小隊，合計十七支隊伍。

那麼，從這裡該如何行動呢……

把周圍的警戒交給同伴後，老大開始思考了起來。

重新喚起刻畫在腦內的地圖、敵我的位置與能力，同時思考著今後十分鐘以及之後的行動，也就是作戰方針。

由於沒有自信可以獨力打倒湖面上的聯合隊伍，所以基本上無視他們的存在。因為想盡快跟蓮他們對戰，所以應該往南方或者東南方移動才對吧。

雖然不知道他們和ＤＯＯＭ的戰鬥結果如何，但蓮他們應該能贏。然後應該會過橋才對。

所以我方應該在巨大購物中心附近，或者是其周圍的住宅區等地待機。讓四十分的掃描清楚顯示出雙方的位置，然後就開始期待已久的勝負。

「很好！」

老大忍不住發出開朗的聲音。

這次的ＳＪ４，到目前為止都是無可挑剔的發展。做出之後被揶揄「竟然逃走了！」的覺悟並且避開與ＭＭＴＭ的戰鬥果然是正確的選擇。

「要一口氣往南方移動嘍。穿越機場，提高警覺來度過高速公路，然後躲在購物中心或者住宅區。隊形就跟平常一樣。」

所有成員做出乾脆的回應後，ＳＨＩＮＣ就開始行動了。

酒場裡的觀眾都看見了。

從飛機的瓦礫堆裡跑出來的娘子軍成員們。

「哦！躲在那種地方嗎？」

然後也看到她們一起跑向南方的樣子。

「是打算跟小蓮他們戰鬥吧。」

「我懂。自從ＳＪ１以來，他們好像就互相認為是宿敵了。」

ＳＨＩＮＣ的六個人，以使用野牛衝鋒槍的銀髮女性作為前鋒的陣形從停機坪來到滑行道，然後又橫越跑道。

這樣的影像持續了二十秒左右……

「好像有點奇怪耶？只是移動而已為什麼要轉播啊？」

某個人注意到這件事。

「好像是耶……」

「話說回來，確實是這樣。」

轉播主要是從各個角度呈現目前槍戰最為激烈的地方。

現在有幾個螢幕就轉播著在廢墟的T－S與敵方隊伍「BKA」——世紀末打扮的戰士們進行的戰鬥。

裸著上半身的肌肉男大概一邊叫著「呀哈～！」一邊迫近SF士兵並且以改造散彈槍開火，然後所有子彈全都被彈開。

但為什麼螢幕會轉播只是奔跑著的SHINC呢？

「啊！我知道了！」

某個注意力敏銳的觀眾發現了。

馬上就要發生戰鬥這個事實。

有人已經瞄準SHINC了。

很遺憾的是，看不見轉播畫面的SHINC無法注意到這件事。

那是在她們幾乎穿越跑道，距離東西向跨越戰場的高速公路剩下500公尺的時候。即使是裸眼，也能清楚地看見作為境界線的柵欄時。

子彈飛了過來，擊中跑在最後面的老大右胸。

「咦？」

衝擊讓她巨大的身軀跌倒，直接在路面上打滑。

「被擊中了！」

由於老大位於最後方，所以即使倒下了也不忘記要喚起跑在前面的眾人多加注意。

可以看見視界左端自身的ＨＰ迅速減少。強壯的老大雖然不至於立刻死亡，但被擊中的位置似乎不太妙。絕對會被奪走一半的ＨＰ。

就在下一刻。

「嘎！」「啊！」

幾乎可以同時聽見冬馬和塔妮亞的悲鳴。

繼老大之後，兩個人的ＨＰ條也不斷地減少。這就表示她們兩個人也遭到狙擊……

「所有人趴下！」

老大好不容易才叫完這句話，然後也顧不了自己，只是祈禱著兩個人的ＨＰ不要就此歸零。

通過黃色進入紅色區域的ＨＰ條終於停了下來。兩個人都只剩下10％左右。可以說受到相當大的傷害。

短短一瞬間，六個人裡面就有半數被逼進無法好好作戰的狀況……

「可惡！」

老大咒罵著自己的大意與霉運。

想不到有伏兵躲在這種地方。

是丟下隊長的游擊部隊，還是使用了交通工具呢？

現在沒有多餘的心思考慮這個了。

「子彈是從前面來的！是高速公路！沒聽到槍聲！裝備了消音器！」

老大從自己的中彈狀況傳達了這些情報。

只要警戒從前方來的預測線，應該會比較容易躲過下一發子彈才對。

ＳＨＩＮＣ的五個人維持趴地的姿勢將頭朝向高速公路。這是為了比較容易找到敵人，同時也是為了減少中彈的面積。

老大的ＨＰ大概剩下四成左右。她立刻拿出急救治療套件在自己腿上注射。

身體開始發出微光並且開始回復。自己、冬馬以及塔妮亞的ＨＰ條都顯示「回復中」，同時不斷地緩緩閃爍著。

急救治療套件是花費一八〇秒只能回復30％ＨＰ的蹩腳道具。但是Squad Jam中持有的回復道具，固定只有比賽開始前發布給眾人的三根急救治療套件。而且無法使用他人的份。

如果可以自由攜帶回復道具，那麼就會有人投入金錢來攜帶大量高性能的套件，所以是不得不遵守的規則。

ＳＨＩＮＣ趴下來幾秒鐘後，突然響起一陣巨響。

宛如雷鳴般的聲音晃動整個世界，地面甚至微微地搖晃。

「爆炸……？但是很遙遠。」

老大正確地理解發生的事態，同時還看見東南方升起一朵大大的香菇雲。

那是蓮所在的地方。是正在戰鬥嗎？不過剛才的爆炸是怎麼回事？

老大雖然在內心露出狐疑的表情，但現在沒有多餘的心思去思考這件事。還是先想辦法解決我方的危機吧。

「高速公路還無法發現敵蹤！」

看著瞄準鏡的安娜這麼報告，蘇菲聽見後就問道：

「要拿出獠牙嗎？」

她是在問「要將ＰＴＲＤ１９４１，捷格加廖夫反坦克步槍實體化嗎」。老大立刻做出決定。

「好吧。」

「了解了。」

蘇菲在趴著的情況下迅速動起左手，開始操作起倉庫欄。接著按下放在最上方階層的ＰＴＲＤ１９４１按鍵。

先在這裡實體化當然也有發現敵人就立刻使用的目的，但更重要的是就算接下來蘇菲要是遭到狙擊而倒楣地立刻死亡，也還是可以在ＳＪ４裡使用。要是在收藏於倉庫欄的情況下死亡，武器將會跟她一起回到待機區域。

老大她們被擊中後過了二十秒，但接下來都沒有子彈再飛過來。

以距離來說相當遙遠，所以如果跟剛才一樣站起來奔跑也就算了，但所有人都緊趴在地面的現在應該很難狙擊吧。

將全長２公尺以上，而且槍身占了大半部分的曬衣桿般ＰＴＲＤ１９４１實體化後，蘇菲就……

「我站起來當誘餌吧！看準時機做出指示！」

主動願意負起危險的任務。

老大沒有反對的理由。蘇菲站起來有所行動的話，對方應該會加以狙擊才對。

只要看見彈道預側線，就能清楚知道敵人狙擊手的位置。就算是使用玩家技能而進行無狙擊線狙擊的對手，就可以靠被擊中的部位與方向來掌握大概的位置。

確認伙伴們將視線集中在前方後，老大就把眼睛貼在雙筒望遠鏡上並且下令：

「好，上吧！」

「看我的！」

蘇菲在被擊中的覺悟下站了起來。

什麼都沒有拿就站起來的話會被發現是誘餌，所以就抓住ＰＴＲＤ１９４１的手提把手，並且半蹲著往前進。乍看之下像是準備就反坦克步槍的射擊姿勢。

這是預料到被擊中而倒楣地立即死亡時，當場就能把成為不可破壞物件的屍體當成盾牌的行動。

但是數十秒後……

「沒有攻擊！」

蘇菲如此嘆息著。都刻意緩緩前進了，子彈還是沒有飛過來。相對地，間隔了一段時間後又聽見兩道跟剛才一樣的爆炸聲。

敵人只進行最初的狙擊，然後就因為不想位置被發覺而逃走了？

當老大和其他成員都這麼想的時候。

高速公路上就冒起小小的黑煙，遲了一會兒後傳出輕微的沉悶爆炸聲。這絕對是一般的手榴彈或者是槍榴彈所發動的攻擊。

接著是來自遠方的槍聲。

噠噠噠嗯、噠噠噠噠嗯、噠噠噠噠噠噠嗯。

簡直像小太鼓般連續敲打般的微小聲音，這是典型的突擊步槍的連射聲。由於聲音輕微，應該是5.56毫米級。而且節奏重疊在一起，可以知道最少有兩把。

機場用地相當平坦，然後高速公路的路面也很平坦。而且是在趴著的狀態。SHINC幾乎看不見遠方，只能夠按照聲音來判斷……

「有人從背後襲擊了狙擊我們的狙擊手嗎？」

由於不太可能出現其他情形，老大就做出這樣的結論。

看了一下手錶後，時間是十二點三十四分。

剛才的掃描裡兩者都沒有出現在這個地點，所以說起來是有點奇怪，不過當然有可能是離開隊長的游擊部隊。或者是利用了能夠高速移動的車輛。

「蘇菲，可以蹲下了。」

「了解。要趁現在逃走嗎？」

老大思考了起來。

包含自己在內的三個人，目前是處於光是手腳被擊中就會喪命的重傷狀態，所以根本無法好好戰鬥。

全力朝南側的高速公路突擊，打倒目前待在該處的所有敵人——這麼做的風險實在太大了。而且也不清楚對手有多少戰力。

就算想逃走，從寬敞的機場往西方前進的話，又有可能會碰上結冰湖面上的聯合隊伍。往東走的話，目前攻擊狙擊手的小隊，接下來很可能會襲擊我方。

如此一來，唯一安全的就是位於北側那座剛才藏身的飛機殘骸放置場了。這樣就會變成回到原處，也表示會遠離蓮他們。

啊啊，可惡！

為了不讓同伴看見自己軟弱的一面，老大只能在心裡這麼咒罵。身為隊長，即使處於不利的狀態，也不能吐露降低戰意的發言。

「暫時退回剛才的殘骸處！要全力奔跑嘍！準備！」

老大向所有人這麼宣布。

當SHINC的成員為了站起來而在手臂上灌注力量時……

「嗚！什麼！」

讓狀況更加惡化的物體就衝進視界當中。

500公尺前方，破壞高速公路圍牆後出現的是三台「悍馬車」。

是ＳＪ２時ＭＭＴＭ率先使用，之後Pitohui與蓮等人也搭乘過的美軍四輪傳動車。特徵是平坦且四角形的車體。看起來簡直就像在凸型箱子上加裝輪子後直接在路上行駛。

跟ＳＪ２的時候一樣，藍本是Ｍ１１１４型。比通常的悍馬車多追加了裝甲的防彈特規車。可以完全防禦7.62毫米級的槍擊。

車頂附加了防彈板。上次是沙漠迷彩的土黃色，這次則是森林用的綠色迷彩。

三台的車頭都朝向這邊，不停地蛇行並且一邊從排氣管噴出淡淡黑煙一邊迫近。

「敵人車輛！三台！接近！」

聽見冬馬這麼大叫，同時看見她朝著蘇菲的身邊跑去。

應該是打算以ＰＴＲＤ１９４１進行狙擊，多少給對方一點傷害吧。我方的槍械當中，唯有這把槍能夠給予敵人傷害。

但是以時間來說，根本不可能把三台蛇行逼近的悍馬車全部射穿。而且對方也不可能一直筆直地衝過來。

只要讓一台繞到身後，就會在無處可逃的寬闊機場裡被一個一個撞死吧。

在這種狀況下，要如何才能「盡量減少我方的損失」呢？「為了不全滅」，該怎麼做才好呢？

老大一瞬間就有所覺悟了。

「由我、冬馬和塔妮亞發動攻擊，妳們兩個過來。其他人逃走吧！」

老大也知道伙伴全屏住了呼吸。不愧是在現實世界也一直在一起的傢伙們。過去感情明明那麼惡劣，現在卻可以心意相通。

「好了！給我吧！」

塔妮亞最快跑到老大身邊。然後像個討玩具的小孩子一樣伸出手來。

「嗯。」

老大把塔妮亞想要的東西交給她。原來是兩顆巨榴彈。

接著冬馬也跑了過來，然後同樣以雙手抱著兩顆巨榴彈。

老大緊握住最後兩顆……

「蘇菲，隊伍的指揮就交給妳了。幹掉蓮他們吧。」

然後下達最後的命令。

蘇菲一邊把ＰＴＲＤ１９４１收進倉庫欄裡……

「了解！」

以悲傷且堅定的口氣這麼回答。

在雲朵變多的廣大天空底下，三台悍馬車緩緩朝著ＳＨＩＮＣ迫近。時速大概是30公里左右。或許是保持著警戒吧，對方沒有把油門踩到底。另外也沒有以蛇行來避開攻擊的行動。

老大瞪著眼前的三台車。雖然看不見背後，但羅莎她們應該全力逃走了。

與敵人對峙的老大她們已經無處可逃，也沒有擊破對方車輛的方法。

但還是有辦法能將其轟飛。沒錯，就是靠巨榴彈。

然後這也是我方無法存活的作戰。只要留下一台車輛，逃走的三個人就會從後方被追上並且撞死吧。

如此一來——

不能想著投擲出去把車輛炸壞。為了確實成功，必須與對方同歸於盡。

「一人一台。別太貪心，正中央的交給我。」

老大對留下來與悍馬車對峙的另外兩個人做出指示……

「右邊的交給在下！我很擅長這種事！」

塔妮亞以及……

「那我負責左邊。雖然沒做過，不過凡事都得挑戰看看！」

冬馬都發出充滿元氣的回答。

剩下２００公尺。

已經是可以看見駕駛特徵的距離。

防彈玻璃後面的男人們穿著符合GGO氣氛的未來裝備。深藍色的褲子以及加了深茶色護具的夾克，臉上覆蓋著綠色布料與單片鏡片的太陽眼鏡。

正中央的一台坐了兩個人，左右的車輛則各坐了一個人。

老大她們三個人在趴著的情況下，等待悍馬車開過來輾死自己。

但是對方沒有過來。

由於已經抱著必殺與必死的決心……

「啥啊啊啊？」

當悍馬車緊急停車，然後從車頂打出信號彈的時候，老大忍不住就發出了脫線的聲音。

鮮豔的橘色信號彈在泛紅的藍天中發出亮光，然後以降落傘輕飄飄地落下。

「什麼？」

「咦？」

塔妮亞與冬馬也在趴地的清況下茫然張開嘴巴來目送那道光芒。

距離車輛還剩下100公尺左右。想要趁停下來的機會展開突襲來解決對方，這樣的距離還是有點太遠了。

不清楚意圖的行動結束後，接著是更加直接的訊息傳了過來。

從一台悍馬車伸出人類的手臂，然後開始揮舞白布。

「怎麼會……？」

通常白布是代表「投降」的意思，但這個時候應該不是吧。因為對方沒有那麼做的理由。

所以老大認為這次的意思應該是「不想戰鬥」、「想好好談談」。

「是陷阱喵？」

面對塔妮亞的問題……

「占優勢的一方沒必要那麼做吧。」

老大以苦澀的口氣回答完就緩緩站了起來。

她把原本拿在手上的巨榴彈裝回腰帶上。

只要擁有名為「電漿手榴彈掛勾」的道具，就能夠像磁鐵一樣把它黏在腰帶的任何地方。

由於這樣很方便拿取，所以幾乎所有人都會使用這個道具，但它同時也是被子彈射中就會造成誘爆而一擊炸死的雙面刃。

「我先過去談談看吧——其他三個人就繼續逃走沒關係。」

老大如此命令伙伴後，就開始緩緩往前走。此時手上還拿著愛槍ＶＳＳ，而且沒有絲毫大意。

這時候冬馬……

「即使被要求一決勝負也不能自己死去喔。我們會跟妳一起。」

對著她寬大的背部這麼搭話。

「唔嗯。」

「如果是搭訕的話，不能自己一個人跟過去喔。因為老大很可愛。」

塔妮亞接著這麼說。

「唔嗯。但如果是參加格洛肯的咖啡廳推出的『GGO百匯』吃到飽的話怎麼辦？」

「自己一個人吃的話絕對不原諒妳。」

另外兩個人異口同聲地這麼說道。她們似乎無法原諒這種行為。

「唔嗯。」

老大緩緩走過90公尺，然後站到一台悍馬車前面。

現在的話就可以對眼前這台車輛投擲巨榴彈了吧。但是女孩的矜持不允許她這麼做。

「我來了。我是SHINC的隊長伊娃。」

老大的聲音透過通訊道具傳到所有成員耳裡，當然悍馬車內的人也都聽見了吧。

被防彈板圍住，但是沒有安置槍械的槍架上探出男人的頭部。那是因為蒙面與太陽眼鏡而完全看不見表情的一顆頭。

「嗨，妳能過來真是令人開心。這樣就不用進行無謂的戰鬥了。拜託千萬不要用巨榴彈把我連人帶車炸飛啊。」

男人的口氣雖然親切，但是從他在防彈板後面依然用雙手拿著突擊步槍，就能知道他沒有解除警戒。

男人稍微露出的武器是「ＨＫ４３３」。

它是德國黑克勒&科赫公司公司製，口徑是5.56毫米。二〇二六年的現在，它依然是德國聯邦軍的主力步槍。

ＨＫ４３３在ＧＧＯ裡是最新且最強等級的突擊步槍。老大也是首次看見。其數量相當少，也就是所謂的稀有品，所以價格也是最高等級。而且槍口還著裝了同樣相當高價的消音器。

光是這樣，就能知道這支小隊不是花了許多時間在ＧＧＯ上，就是超級有錢人，又或者兩者皆是。

老大小心翼翼，但是以不亢不悲的態度回答：

「根據談話內容，也有可能現在就抱緊你喔。」

「哇哈哈，這好意我還是心領了。詳細的說明還是到『大本營』再說吧。六個人可以迅速上車嗎？馬上就要掃描了，而且可能湧出怪物。」

老大瞄了一眼手錶。已經過了十二點三十六分，沒辦法再慢慢耗了。

既然男人說了「大本營」，就可以知道他們是在凍結湖面上的聯合隊伍成員之一了。自己應該就是要被帶到那邊去吧，然後現在必須選擇是要加入聯合隊伍還是在此死亡。

「在這之前我有一個問題。狙擊我們的傢伙呢？」

「噢，我們幹掉三個狙擊手嘍。是ＤＯＯＭ這支隊伍的伏兵。」

男人這麼說完，老大就在腦海裡思考這個可能性。

高速朝著蓮他們衝去的ＤＯＯＭ留下了狙擊手。剩下來的成員則是在橋上等地和蓮他們戰鬥，然後不知道用什麼方法引起了大爆炸。

原來如此，確實不無可能。

「唔嗯……那好吧。」

老大做出決定，然後如此回答。

＊　＊　＊

十二點四十分。

ＳＨＩＮＣ在悍馬車內觀看第四次的掃描。

由於決定暫時休戰並且前去溝通，所以六個人是在十二點三十九分時以每台兩個人的形式分別乘坐上三台悍馬車。

這個時候，對方要她們把槍械與手榴彈等全部收到倉庫欄裡。

「原來如此，要我們『解除武裝』嗎？」

老大像是窺探敵人內心般這麼表示……

「不是啦。單純是因為車內很窄。」

結果男人就聳聳肩如此回答。

由於拒絕應該也沒有用，所以SHINC就把長武器、手槍以及手榴彈全都檔案化收回透明包包裡。

蒙面的駕駛們沒有跟後座的娘子軍團成員說任何話。只是默默地開著車，將三台車排成一縱列來橫越機場。

老大、塔妮亞和冬馬施打第二劑急救治療套件。但是等到回復結束之後，也只有老大的HP完全恢復。

剩下來的兩個人回復結束後也只有七成，在煩惱了一陣子後才決定等下次大量失血時才施打第三劑。由於那個時候可能輕易就死亡了，所以確實是讓人很糾結的判斷。

然後車子才行駛不久就到了掃描的時間，所以三台悍馬車都在跑道上停了下來。

剛才跟老大搭話的男人，也就是這群人裡唯一說過話的男人就從副駕駛座回過頭來。

「不想在掃描中被發現在移動吧？暫時停下來喔。」

「謝謝你們無微不至的照顧。」

老大雖然以諷刺的口氣這麼回答，不過內心確實很感謝對方。因為能夠了解遊戲的狀況，更重要的是能夠看見蓮的動向。

如果蓮他們全滅的話，就沒必要聽對方的了。老大心想到時候就空手把駕駛給勒死。

第四次的掃描是從北方開始，逐漸表示存活隊伍的位置。

結果和十分鐘前沒有太大的不同。

ＭＭＴＭ在機場的北側，以戰場地圖來說是最北端。由於周圍幾乎沒有可以戰鬥的對手，應該在那裡閒得發慌吧。

廢墟區域有兩支小隊消失了。正如十分鐘前的希望，殘存的ＴＯＭＳ與Ｔ－Ｓ相當努力。不錯喲再多幹掉幾支小隊吧。

ＺＥＭＡＬ依然存活著。不過感覺似乎完全沒有從戰場西南部的中央移動。熱衷於攻擊的他們一股腦發起攻勢也一點都不奇怪，現在竟然一副進行正常作戰的樣子？難道是吃到什麼髒東西了嗎？

冰上的六個聯合隊伍果然沒有改變位置。由於有RGB在，具備了無視怪物的強大實力。其中有四個人現在就坐在車上，可以知道裡面不包含隊長。離開隊長的四人行動明明有很大的風險，卻能毫不猶豫地加以實行，由此可以知道他們是具備一定實力的老手。

最後……

「很好！」

蓮他們還存活著。目前人在橋上。

由於DOOM在橋中央變成灰點了，所以蓮他們應該是在包含那些謎樣大爆炸的戰鬥裡打倒了DOOM吧。而且一定很輕鬆就贏了。現在一定哼著歌，摩拳擦掌準備要打倒我們了吧。

雖然與蓮他們的距離頗為接近，但現在也沒辦法到那邊去。老大只能相信還有機會而乖乖放棄這麼做。

就結果來看，目前還殘留著十四支隊伍。參加SJ4的小隊，短短四十分鐘就剩下不到一半。從時間與數量來看，速度可以說相當快。

掃描迅速結束，悍馬車再次開始行駛。

老大瞄了一眼駕駛座，確認還有足夠的燃料。

和作為藍本的現實世界悍馬車不同，設置在顯眼位置的燃料儀表竟然幾乎是全滿狀態。看來還能行駛很長一段距離。

這時候老大開始做出推測。其實不只三台，應該還存在其他悍馬車。然後他們把燃料集中到這三台上。

只要有「燃料罐」與「水管」等道具以及「燃料移設」技能，就只要靠近交通工具即可取出其燃料，然後填充到其他車輛裡面。

當然，就算沒有技能，只要跟現實世界這麼做時一樣，把嘴巴接在水管上用力吸出來也可以——但同樣也跟現實世界一樣，燃料要是進入嘴裡將會相當悽慘。

三台悍馬車巨大的輪胎邊轉動邊發出低吼來行駛過機場用地，來到與南北向高速公路的交界處。

那裡雖然有附加有刺鐵線的網子與一個人那麼高的壕溝，但悍馬車輕鬆就撞飛鐵網，發揮巨大輪胎與長懸吊系統的威力，順暢地滑過壕溝。

接著橫越巨大的高速公路，沿著四葉草型交流道下到平行的一般道路上。從南北向沿著湖畔延伸的道路，可以看到一片發亮的純白平原。

和老大搭同一台車的冬馬……

「好懷念的景色。」

丟出這麼一句呢喃。

坐在副駕駛座的男人似乎有點在意，但怎麼樣也不可能發現她在現實世界是俄羅斯出身的女高中生吧。

悍馬車在道路上往北方前進了1公里左右，接著離開左側道路靠近湖畔砂石地，原本以為會在這裡停車，但是直接就在冰上行駛了起來。

老大對著男人……

「喂喂，這樣沒關係嗎？」

提出確認狀況的問題……

「嗯？有什麼問題？」

男人似乎是真心提出這麼反問，結果老大就隱瞞了冰層的事情，直接說了謊話。

「像這樣悠閒地行駛在視野如此良好的地方？」

「什麼嘛，原來是這件事啊。別擔心。這附近只有我們的伙伴。妳看，可以看到了。」

男人所指的是白色地平線的遠方。開始可以看見幾個黑點。距離大概是800公尺左右。

「這樣啊。那就好。」

老大不再多問，同時心裡這麼想著。

現在腳下的冰層要是裂開，自己雖然會死亡，不過聯合隊伍也會一起陪葬，到時候蓮不知道會不會感到很傷心？還是覺得更接近優勝而開心呢？

但是她終究無法找到答案。

悍馬車以猛烈的速度跑過冰面，結果冰層沒有裂開，順利抵達六支小隊集結的地方。

距離岸邊2公里左右，剛好是湖泊中央的地點，目前設置了即席的防禦陣地。

原本像芝麻一樣大的物體逐漸變大，最後看出是人類。人類在冰上以坐姿或者臥姿排成一個圓形。直徑大概是30公尺左右。

悍馬車在圓形前面大約10公尺左右的地方停了下來。

「好了，要請妳們下車了，不過請不要做些奇怪的舉動啊。我們會在妳們身後保持瞄準姿勢。我不是很想打倒自己救回來的隊伍。」

聽見男人的話後……

「奇怪的舉動是親吻嗎？很不巧的，我們是來談話的。」

老大就這麼回答他。

雖然是輕鬆的玩笑話，但是她相當清楚。想從倉庫欄裡拿出武器，或者是想搶奪對方的武器，又或者是想以空手發動攻擊的話，應該會立刻被人從後面爆頭吧。

老大雖然緊張但努力不表現在臉上並且和伙伴會合，然後所有人排成一列。

她們緩緩靠近圓形陣地。

雖然沒有回頭，但是能強烈感覺到後面有人用槍瞄準自己。甚至有種彈道預測線會發燙的感覺。走在身後的伙伴，應該能看見預測線貼在自己後腦杓的模樣吧。

這種狀況可以算是危機嗎？

老大如此自問，但終究無法獲得答案。

隨著距離靠近，已經可以看出聯合隊伍的外表。

在圓陣外側的果然是拿光學槍趴在地上的ＲＧＢ成員們。六個人都還存活著。

在ＳＪ３曾與他們戰鬥，所以老大稍微記得裡面有些人的長相。他們這時候正各自驕傲地架起光學槍。

哎呀，一個抱著機槍的人看向這邊了。很容易就能看出他正在瞪著我方。

「嗨！你看起來很有精神嘛！」

老大笑著向對方搭話……

「…………」

被露骨地無視了。或許是對方感到害怕吧。

越過他們形成的防禦線後，靠近待在中心部的男人們。就目前看來，裡面沒有女性成員。在這裡的話，老大似乎也會受到歡迎。

男人們悠閒地坐在冰上，裡面甚至有人躺著睡覺。明明正在參加大混戰，卻一點緊張感都沒有。

除了RGB外都是沒看過的小隊名。因此能看見的所有人都是首次參賽。由於服裝有統一感，所以這些人應該是同一支小隊——

這時候看見兩名男性，打扮跟悍馬車上穿著附加護具的外套以及蒙面的幾個人一樣。也就是說這支小隊的六個人都還存活。

必須特別警戒這些傢伙。

老大在心中評估他們的實力。

三名男性身上穿著從未見過的鮮豔迷彩。由於看不見其他同樣打扮的人，應該是在戰鬥中折損了一半的人員吧，還是說待在其他地方？這幾個傢伙也是蒙面加上太陽眼鏡。

這幾個傢伙也得特別警戒。

然後還有幾個穿著運動服的男人。深藍色運動服的側面有三條白線，說起來是相當典型的運動服。

穿著同款運動服的六個人同樣是蒙面且戴太陽眼鏡。

為什麼會穿運動會的服裝？

老大完全無法理解為什麼會穿上這種服裝。

簡直就像「不准穿戰鬥裝備的懲罰遊戲」。嗯，像全身粉紅色的蓮那樣也很怪就是了。

SHINC沒有在酒場裡看見那場奇怪的入場，所以看見蒙面的三支小隊真的是大吃一驚。那種模樣看起來真的很詭異。尤其是那群穿運動服的傢伙。

其他還有穿著同樣灰色迷彩服的六個人，以及制服似乎是茶色沙漠迷彩的六個人。由於他們沒有蒙面，所以能看得出表情。他們警戒著ＳＨＩＮＣ，同時還帶著某種驕傲的神情。

不是你們特別強喔。

老大沒多說不必要的話。只是心裡這麼想而已。

以上六支小隊看起來全部是男性。是合計達三十三人的龐大團體。

緩緩靠近的老大，迅速環視周圍把風貌與人數牢記在腦袋裡——

吃屎吧！這群傢伙真是毫無空隙！

結果再次在心裡咒罵了起來。

感覺老大自從玩ＧＧＯ之後就越來越會說髒話了。過去蘇菲曾經這麼說過，看來必須注意不能在現實世界脫口而出了。

罵出髒話的理由是除了ＲＧＢ以外的成員全都解除了武裝的緣故。跟現在的自己一樣，全都把武器收得一乾二淨，手上沒有拿任何東西。

當然不是為了「以同等條件來歡迎解除了武裝的ＳＨＩＮＣ」吧。這絕對是為了「將自己的戰鬥力隱藏起來」。

老大也因為這樣的行為而完全無法得知他們是怎麼樣的隊伍。

不過可以知道絕對不是什麼弱小的傢伙。如果蒙面戴墨鏡的三支隊伍是同夥，那麼另外兩支隊伍一定也擁有同等的火力。

相對地，對方很了解我們。因為只要看過ＳＪ的轉播畫面，不論是誰都能了解我方的戰法與槍械。

唉……這樣和在那個地方喪命比起來，究竟哪個下場比較好呢？

當老大在內心嘆氣時，就有一個男人站起來迎接她們。

那是一個相當高大的男人。即使在ＧＧＯ裡面，依然是身高極為突出的角色。

看起來比Ｍ還要高，這已經是相當誇張的身高了。和Ｍ不同的是他很瘦。

但是穿著運動服還蒙面戴墨鏡的模樣真的很詭異。

當做出這種打扮時，他的美感完全沒有發揮任何功效嗎？隊伍沒有人反對嗎？應該說，到ＧＧＯ裡的哪家商店才買得到那種運動服啊？

老大思考了許多事情，不過這些都不重要，面對靠近的男人……

「是隊長先生嗎？」

她主動開口搭話。

雖說是ＧＧＯ內技術高超的角色，但操縱者還是女高中生。為了不讓對方發現內心相當緊張，老大努力維持著平常的口吻。

「嗨，不用那麼緊張喔。」

由於男人親切地這麼表示……

「你早就準備好這麼說了吧？」

老大就以準備好的台詞來回答他。

「初次見面。我是伊娃。」

認為反正對方不會透漏姓名而率先出招之後……

「初次見面，伊娃。我是以『Fire』這個名字來玩遊戲。」

對方很有禮貌且輕易地說出名字，讓老大感到有些意外。

而且自稱Fire的男人還毫不猶豫地拿下蒙面與太陽眼鏡，露出虛擬角色英俊的容貌。

「這是我的長相。今後還請多多指教。」

「這個……請多指教。不過，你那種身高不論戴什麼都不會認錯吧。」

「啊哈哈。這倒是真的。」

看見對方爽朗的笑容後，老大實在無法推測他究竟是出於真心還是在演戲。

不過老大還是對這個名叫Fire的男人做出許多的預測。

首先可以確定他是三支蒙面隊伍的隊長。

雖然一瞬間想著在開始時隨機配置位置的ＳＪ裡，虧他們可以順利會合，但是立刻就注意到他們使用的手段。

像我方這種在ＳＪ裡有豐富戰果的強隊，一開始時會分布在地圖角落已經是潛規則了。也就是說，首次參賽的隊伍應該會自動從中央附近開始。

「比賽開始之後，不論是什麼樣的地圖都先往中央前進」。

只要決定這個方針，要迅速會合就不是什麼難事。

小隊裡應該聚集了不少強者，不過應該是使用了金錢的力量才能聚集這些人吧。因為在可以灌注現實世界資金的ＧＧＯ裡，只要是有錢人就可以僱用足以參加ＢｏＢ的強力玩家。

然後這並沒有任何不對。不但沒有違反規定，也不是什麼沒有禮貌的行為。

對拚命節省零用錢才能付出每個月三千日幣連線費的女高中生來說，還是覺得有點不爽就是了。訂正，其實是很不爽。

包含ＲＧＢ在內的其他三支沒有蒙面的隊伍，應該是在ＳＪ４裡加以利誘的吧。只能說真的很有一套。不知道用的是什麼餌就是了。

這個時候……

「出現了！西北方！」

ＲＧＢ的某個人這麼大叫，老大就知道是怪物湧出的時間到了。

正如報告，西北的天空聚集多邊形光線，開始形成怪物的模樣。

SHINC初次見到時是動物的模樣，這次似乎是機械外型。形成的是腿部為履帶，然後雙手變成鐮刀的配膳機器人般物體。

「好喔！拜託大家了！」

Fire的一句話讓RGB開始射擊。

「咻磅」的清脆聲音過後，狙擊槍「Sorpresa A2」就發射出能源。

可憐的機器人小弟尚未觸碰到地面就被一擊粉碎了。然後給自己的同伴留下人類耳朵聽不見的警告聲。

「唉，這下又是一陣大騷動了。本來還想好好跟妳們聊一聊。」

Fire這麼說完，老大就表示：

「那麼就請長話短說吧。對我們而言，要決定事情的話也是快一點比較好。」

咻啪啪啪啪嗯。咻啪嗯。嗶咻咻咻！

周圍開始響起光學槍瘋狂射擊的聲音。

果然沒有怪物能夠撐破湖面的冰然後冒出來。它們在距離100公尺左右，冰面上大概1公尺的位置實體化，落到冰面上後就開始逼近。

「哈哈！又來送死了嗎！」

「幹掉你們！」

「嗚呀！」

ＲＧＢ的眾人毫不容情地撒出光彈，看起來是那麼充滿元氣。竟然能夠在ＳＪ裡如此活躍，他們今天晚上應該會高興到睡不著覺吧。

看見不斷消失的機械怪物，老大便判斷暫時在這裡談話應該不會有危險。

伙伴們也默默看著過去自己幹掉的敵方隊伍守護自己的這一幕。

「那麼我就開門見山地說了——希望妳們加入我方陣營。然後按照我們的指示來行動。我們的目標是優勝。」

Fire開口這麼表示。這段期間，光學槍也不停發出怒吼。

「我不打算問『拒絕的話呢？』這種問題了。因為ＳＪ就是直接排除礙事隊伍的競賽，已獲得優勝為目標就更不用說了。那麼，我就問最重要的事情吧。這對我們有什麼好處呢？」

「嗯，當然有了。有很大的好處，妳們一定會喜歡。」

Fire充滿自信的回答讓老大皺起眉頭。

「什麼樣的好處？」

「我會讓妳們在不受到任何打擾的情況下正面挑戰粉紅色小不點。」

「…………」

老大雖然擔心是不是露出驚訝的表情了，但是Fire根本不在意，只是繼續開口表示：

「名為『蓮』的ＳＪ１與ＳＪ３的優勝者。妳們似乎視那個女孩子為對手吧？想要像ＳＪ１時那樣正面與其戰鬥並且獲得勝利才對。」

「似乎視那個女孩為對手吧？」這種從別人那裡聽來的語氣是怎麼回事？老大雖然這麼想，不過還是暫時不去管這件事。可能只是一時口誤吧。

「唉……我們真是太老實了。」

「別這麼說，這是美德喔。大小姐，老實是件好事。」

「這種年紀還被稱為大小姐，我都高興到快升天了。」

「那真是太好了。那麼，包含蓮在內的ＬＰＦＭ小隊算是相當難纏的強敵。除了她之外的成員也很強。但是不打倒他們就無法獲得優勝。」

「是啊。但是，以這樣的人數襲擊的話，應該可以獲勝才對吧？」

老大攤開雙臂並這麼說道。她環視著ＲＧＢ開心地拚命開火，圍成的圓陣當中有二十名以上成員輕鬆休息的模樣。

Fire則是這麼回答她的問題。

「我不覺得會輸喔。不過呢，也覺得無法全身而退。一定會出現不少犧牲者吧。」

「我想也是。」

「其他還有MMTM與ZEMAL等強隊存活著。我可不想在和LPFM戰鬥時被他們從後面襲擊。雖然想獲得優勝，還是想盡可能減少隊伍受到的傷害。」

「等一下。」

老大這時候露出狐疑的表情。因為她腦袋裡浮現一個真的搞不懂的問題。

「你說想獲得優勝，但這可是大混戰。最後會變成聯合隊伍的『伙伴』之間自相殘殺吧。到時候你打算怎麼辦？」

「大家一起獲得優勝喔。」

「啥？」

「不用覺得如此不可思議。打倒所有其他的小隊後，就聚集所有人，以手榴彈讓大家一起『死亡』就可以了。和第三屆BoB一樣。系統上會變成所有小隊同時優勝。」

「……………」

老大真的說不出話來了。

「我還真沒想到這個辦法……」

之後又忍不住說出真心話。

雖說是遊戲，但是以「戰鬥」為主的戰場上，想不到竟然有這種想法的人存在……

傻眼、佩服以及更強烈的傻眼全都混雜在一起。

就連現實世界從小就開始練習的新體操都是「比試」。和其他團體進行著爭奪1分，不對，應該是0．1分的戰爭。

GGO也是一樣。明明是必須為了獲勝而努力並且一決勝負的世界，最後竟然大家和和氣氣地，像賽跑時手牽手一起抵達終點來分出勝負，老實說真的搞不懂Fire的腦袋在想些什麼。

難道說……這個傢伙……目的不是獲得優勝嗎……？

老大的腦袋裡雖然浮現這樣的疑問，但也不能詢問本人，而且這一點也不重要，所以就先把它丟到一邊去了。

老大決定繼續談下去。

「原來如此，我了解你的辦法了。能跟粉紅色小不點戰鬥的話確實是不錯的提議。你有什麼具體的計畫？像那種『好，去打一架吧』的簡陋計畫我可不會答應喔。可能會直接逃走。」

「謝謝妳這麼老實。我當然有計畫。在妳們抵達之前，我有相當充分的時間可以思考。」

Fire英俊臉龐露出雪白牙齒來笑著這麼說道。

接著視線一瞬間移向右上方。

「下一次的掃描——已經來不及了呢。因為馬上就要開始了。」

Fire沒有手錶，應該是讓時間顯示在視界邊緣了吧。這個部分可以按照個人喜好來編排。

老大看了一下左手腕內側的手錶。

幾乎與所有的ＧＧＯ玩家一樣，跟方便但毫無氣氛的顯示比起來，還是比較喜歡「使用手錶」的氣氛。把手錶戴在慣用手之外的手腕，然後將數字面板朝向內側也是她們的習慣。這樣的話就能在舉槍的情況下看見。

時間不知道什麼時候已經經過十二點四十九分。

老大把視線移回Fire身上。這時Fire又繼續表示：

「靠掃描得知ＬＰＦＭ的位置後，不論是在戰場的哪個地方，我方都會把妳們送到附近。周圍的警戒就交給我們的小隊，妳們可以自由地戰鬥。要違背約定逃走也沒關係，不過妳們真的會那麼做嗎？然後當妳們成功打倒ＬＰＦＭ後，再跟以優勝為目標的我們盡情打一仗就可以了。我們也會盡全力與妳們戰鬥。」

「哎呀，這紅蘿蔔看起真是美味耶。」

老大聳了聳肩，做出看向遠方的模樣來把視線移到伙伴身上。她們所有人都跟平常一樣信賴自己，以眼神宣告著會遵從老大的任何回答。

正所謂兵貴神速。老大立刻做出決定。

「我知道了。好吧。我加入這個作戰。」

時間來到十二點五十分。

露出微笑的Fire……

「真開心。那我們先看掃描吧。」

「那我就不客氣了。」

老大也拿出接收器。

手邊儀器的畫面讓老大得知這次的掃描是從東邊開始。同時也得知蓮他們還確實地活著，目前正在橋梁上方。

雖然不清楚為什麼如此悠閒地渡橋，但既然是蓮他們，應該就是某種深奧的作戰吧。

老大咧嘴笑了起來……

「還活著的話就能幹掉他們了。」

然後以非常非常開心的口氣這麼說道。

在ＲＧＢ瘋狂射擊，周圍不斷有怪物消滅的華麗煙火大會之中……

「全靠妳們了。」

高大英俊的男人在白色牙齒發出亮光的情況下這麼表示。

「嗯。粉紅色小不點……就交給我們吧。」

猩猩女咧嘴笑著這麼回答。

吹過結凍湖面的風晃動著她的辮子。

風吹之下的老大心裡想著。

雖然這下子不知道蓮他們會怎麼想，但下次的掃描之後一定要從正面報上姓名後才與其戰鬥。

在那之前可別死嘍，蓮。

第九章　蓮非常生氣

十二點五十分。

第五次掃描的結果也隨著存活隊伍的名稱，一起映照在酒場的巨大螢幕上。

男性觀眾們注視著由西到東宛如龜步一般的緩慢掃描畫像。

剛才老大從手中儀器所看的是由東方開始，不知道是不是為了戲劇性，酒場裡的掃描是從相反方向開始。

戰場地圖的西北方廢墟區域裡進行了一定規模的戰鬥，然後現在似乎已經結束。在這十分鐘之內又有兩個小隊消失了。

存活下來的是兩支隊伍。腳程快速的TOMS與鎧甲堅固的T—S。他們分別打倒敵人，目前雙方的直線距離在2公里以上。

「首次參賽的隊伍消失了嗎……嗯，這也算正常啦。」

「那兩支小隊接下來會碰頭嗎？還是會逃走呢？」

這個時間點還不知道答案。

掃描繼續進行，西南區域裡可以看到ZEMAL的點發出燦爛光芒。

明明是跟其他隊伍一樣的光點，很不可思議的是不知道為什麼加上ZEMAL幾個字看起來就亮到讓人有點鬱悶。

他們的位置跟十分鐘前一樣。似乎是以那裡的巨大隕石坑邊緣來當成防衛線。

「機關槍狂人們也沒有動靜嗎……冷靜過頭了。」

「就是說啊，這些突擊笨蛋是怎麼了？難道是嗑了什麼藥？」

「希望不要錯認為是『打倒怪物大賽』了。」

「就戰鬥影像來看，那個美女似乎是新任的指揮者。她的確很有一套。」

「如此一來，果然——」

「嗯，他們確實警戒著湖面上的聯合部隊。因為目前是最大的勢力。隨便挑戰的話絕對無法獲勝，應該是在等待機會吧。」

「那個美女……竟然敢多管閒事！」

「饒不了她！竟然讓ＺＥＭＡＬ變正常了！」

酒場籠罩在不講理的憤怒底下。

接著掃描映照出湖面上的聯合隊伍，也就是到剛才都還聚集在一起的六支小隊。

「真的假的！」

「咦！」

「不會吧！」

觀眾之間產生一陣巨大的騷動。

也難怪他們會這樣。因為到剛才為止由六支小隊組成的聯合隊伍，來到中盤後又加上一支小隊，而且還是ＳＨＩＮＣ。

「喂喂，娘子軍團加入聯合隊伍了喔！」

「不會吧……難道是系統錯誤？」

「不，錯不了的。」

「為什麼？怎麼會？喂，到底怎麼回事？」

「我怎麼知道啊！」

「怎麼不知道？那是你的伊娃吧？」

「才不是我的哩！」

在無法得到答案的情況下，掃描繼續往東邊前進，顯示出剩下兩支隊伍的所在位置。

一支是ＭＭＴＭ。位置是在機場的北方邊緣。

至於他們也沒有移動的原因，不知道是為了要保持戰力，還是因為附近沒有敵人而開始鬧彆扭呢？

另一支是ＬＰＦＭ。他們幾乎快要渡過橋梁了。

掃描雖然繼續下去，但是再往東邊應該沒有任何隊伍……

「剩下十二支小隊嗎……」

「嗯，差不多啦。」

觀眾們做出這樣的結論。接著話題就回到娘子軍團充滿謎團的行動上。

為什麼至今為止都是單獨在ＳＪ裡活躍的ＳＨＩＮＣ會跟人聯手呢？

雖然各種意見此起彼落，但是當然沒有人知道真正的答案。

雖然沒有人知道，但是有人感到憤怒。

那個人就在戰場裡的橋梁上。

「為什麼啊啊啊啊啊啊啊啊啊啊啊啊啊啊啊啊啊！」

那個人就是蓮。

蓮他們在橋上前進著。

在車道最左邊靠近欄杆的地方。領頭的是把背包揹在身體前方，兩手各拿一面盾牌的Ｍ。右側是將兩面盾牌並排在一起的Pitohui。左邊是同樣拿著盾牌，但是只拿一面的不可次郎。

然後他們後面則是幾乎被完美包圍……

「為什麼啊啊啊啊啊啊啊啊啊！」

粉紅色小不點發出吼叫。

為什麼那麼熱切希望一決勝負的ＳＨＩＮＣ會加入聯合隊伍呢？實在無法理解。老大她們明明是最不可能跟人聯手的傢伙啊……

小手握住的衛星掃描接收器因為壓力而扭曲。似乎連無法破壞物件都要損毀了。

瞄了一下那種模樣的不可次郎表示：

「哎呀～為什麼呢～這下就連頭腦清晰容貌端正的我都想不透了。」

警戒著狙擊並且慢慢前進，總是保持冷靜的Ｍ則是這麼說：

「也沒辦法了，轉換一下心情吧。差不多要過橋了。看見能夠作為掩蔽物的房子就要跑嘍。要再次拜託妳擔任斥侯。可以嗎，蓮？」

「嗚嗚……」

「回答呢？」

「嗚……渡過橋就擔任斥侯，了解了……」

花了二十分鐘的渡橋之旅終於可以看見終點了。

本來以為可以用拖車輕鬆渡過，結果因為自爆兵的突擊、夏莉與克拉倫斯的背叛、與大量怪物戰鬥、舉著盾牌邊警戒狙擊邊龜速步行等事故而變成一段辛苦的路途。

接著前方就是居住區的住宅地。然後再往北邊前進，跨過高速公路的前方就是機場。

「但是為什麼！」

完全無法轉換心情的蓮再次忍不住放聲大叫。

無法與SHINC正面開戰的話，自己還有什麼理由參加SJ4呢？不，沒有了。

「為什麼！」

面對像冬天的日本海般狂暴的蓮……

「…………」

M臉上露出有些複雜的表情，但是蓮看不見。

Pitohui也在蓮看不見的狀態下露出笑臉說：

「小蓮，現在無法弄清楚的事情等之後再確認吧？在這之前得先想辦法活下來才行！不是嗎？」

「是……是沒錯啦！」

「在抱持煩惱的情況下作戰，我只能說NONO！要是戰鬥中因為注意力渙散而死，妳就要和Fire約會了喲？要跟他結婚喲？」

「嗚咿！等，咦！咦？妳之前——不是說過『全力裝傻』就可以了嗎！」

「嗯嗯～是這樣嗎～？」

「是啊！Pito小姐確實這麼說了！妳說反正沒有證據！」

「那我就當證人吧！」

「喂，Pito小姐！」

「啊哈哈哈！只是開個玩笑。大概啦。」

「什麼叫『大概啦』……」

「嗯，總之我們去痛宰下一個敵人吧！現在的小蓮應該可以把滿腔怒火發洩在那些傢伙身上喲。」

「接……接下來的敵人是……？」

「那就由M來說明吧。」

Pitohui把任務丟出去……

「唔嗯。」

M就乖乖地接下去說道：

「接下來的敵人是MMTM。」

M這麼說的同一時間……

「接下來的對手是粉紅色小不點和Pitohui所在的隊伍。」

北方距離5公里以上的機場跑道上，大衛開口這麼說道。

「ＭＭＴＭ雖然很遠，不過是扣除聯合隊伍外待在最近處的隊伍。中間沒有其他敵人。接下來的十分鐘甚至是二十分鐘要跟他們戰鬥完全不是問題。」

Ｍ這麼說時……

「ＬＰＦＭ是除了聯合隊伍外最接近的小隊。中間沒有敵人。也就是說可以盡情享受與強敵對戰的樂趣！」

大衛也同時這麼表示。

「先把ＳＨＩＮＣ的事情忘掉吧，蓮。不在對上ＭＭＴＭ的戰鬥裡存活，也不用想跟她們對戰了。而且——」

Ｍ這麼說的時候……

「好了夥計們，要大鬧一番嘍！去向粉紅小不點與光劍女『道謝』吧！」

大衛也同時這麼說道。

蓮催促吊人胃口的Ｍ繼續把話說下去。

「而且？」

「打倒ＭＭＴＭ之後再跟ＳＨＩＮＣ戰鬥。妳不會想起ＳＪ１嗎，蓮？」

「哈哈！」

不可次郎因為蓮的笑聲而回過頭。

然後眺望著粉紅色嬌小生物露出尖銳牙齒的模樣——

「希望這張臉　能讓Fire那傢伙　好好看一下。」

在心中詠唱了這句俳句。

「好！就去把ＭＭＴＭ全都幹掉吧！」

蓮發出吼聲……

「四人新體制的新生ＬＰＦＭ的熱身運動嗎？了解！Center就・是・我！」

不可次郎也加入一起炒熱氣氛。

「記得留點獵物給我啊！我看小衛衛好了。就是那個長得最兇惡的傢伙！」

Pitohui露出平常那種兇惡的笑容。

「充滿幹勁是件好事。不過話先說在前面，面對強敵可不能沒有作戰和準備就直接上陣喔。」

只有Ｍ還是很冷靜。那種冷靜的模樣就像是要表示「我要是不冷靜的話這支小隊就完蛋了」一樣。

「嗯。」

雖然多少恢復一些冷靜了，但體內仍有火熱岩漿在翻滾的蓮……

「那麼快說作戰吧！M先生！拜託你了！」

「知道了。那麼——」

「先去尋找交通工具吧！」

M這麼說時……

「先尋找交通工具吧！」

大衛也同時這麼表示。

＊　＊　＊

十二點五十五分。

渡過漫長橋梁的蓮等四個人，直接在警戒狙擊的狀態加快腳步，躲藏到附近的民宅當中。

立刻只有蓮一個人從該處衝出來，以難以置信的高速跑在道路上朝著機場前進。

透過鏡片清楚看著這一幕的夏莉……

「啊啊！可惡！」

把眼睛從瞄準鏡移開並且這麼咒罵著。

以雙筒望遠鏡窺看的克拉倫斯……

「嗯~果然名不虛傳!沒有任何空隙。」

則是以很開心般的笑容這麼說道。

兩個人目前待在住宅區的某個教會當中。

幾乎全是平房住宅的這個區域,教會是最大且最高的建築物。

白色石造的二層樓主房上聳立著大約3公尺的四方形磚瓦鐘樓。到達大鐘的高度相當於四層樓高。

鐘樓的牆壁有點髒,而且爬著顏色噁心的植物。其頂端靜靜掛著過去幫舉行結婚典禮的年輕人慶祝的大鐘,而它應該再也不會發出聲響了吧。

現實世界的話是絕對不可能把槍帶進去的設施,不過目前一名狙擊手與一名觀測手就分別趴在大鐘的左右兩邊。

稍早的二十分鐘前。

加入小隊時的約定是……

「SJ4開始後,兩個人可以擅自行動。不論從哪裡瞄準我都沒關係。」

這麼和Pitohui約定好的夏莉與克拉倫斯，忠實地跟隨慾望來行動。

一開賽時兩個人雖然為了對應怪物以及渡過長長的橋梁而與小隊一起行動，但一有機會就毫不猶豫地離開了。

射穿湧出的偵察怪物讓牠呼喚大量同伴，我方則奪走摩托車與自爆用炸藥後逃走。

以搶走的摩托車快速奔馳於路上的兩個人——

一渡過橋梁進入住宅區，沒經過多久就發現這個地點，同時迅速地隱藏起身形。拖拖拉拉地在路上行駛，有可能會被其他小隊發現。

把方便的摩托車停在教會後面的垃圾場，罩上數件準備好的斗篷後躲了起來。

俗話說笨蛋、煙霧還有狙擊手都喜歡高處。當然是因為視野良好，可以取得寬廣的射界而且不容易被敵人擊中的緣故。

兩個人用梯子爬上鐘樓後，三百六十度的視界就豁然開朗。

雖然天空中的雲越來越多，依然是相當棒的景色。

北側是以用地面積廣大為傲的機場，而管制塔就像墓碑一樣佇立在該處。

南測是靜靜流過的大河，河面映照出天空。當然也可以看見自己渡過的橋樑。

西側的巨大購物中心則像是龐大要塞一樣聳立著，其前方的結凍湖面看起來就像是白色板子一樣。

一般的GGO遊戲戰場，主要是因為檔案會變得過於複雜的問題而很難一次就看到如此多采多姿的風景，只能說全是託SJ特設戰場的福。

雖然開始十二點五十分的掃描，但是我方成員不包括隊長，所以看不見所在的光點。

登錄時決定的LPFM隊長順序是蓮、Pitohui、不可次郎、M、夏莉、克拉倫斯。也就是說只要另外四個人不死，夏莉和克拉倫斯就能以游擊隊的身分盡情地移動。

從教會到橋梁路面的距離是564公尺。雖然風勢變強了，但人類大小的物體依然是在夏莉進行狙擊的有效射程內。

夏莉在400公尺的距離進行愛槍的「Zero in」。

Zero in就是歸零校正，這時候透過瞄準鏡命中十字線中心位置即是400公尺。當然是用水平射擊而且完全不考慮風勢等影響。

做法是首先調整讓子彈幾乎在附近100公尺外的相同地點著彈。之後再以十字線的上下移動將距離變更為400公尺。

要瞄準更遠的地方時，必須考慮子彈會受到多少重力影響而下降，然後往上調整射擊的角度。反過來說，瞄準更近處時則是將角度往下調整。

那麼，該移動多少角度呢？

雖然有幫忙計算出答案的優秀應用程式，但為了沒有多餘時間使用的時候，現實世界的射手在練習時會使用自己的槍與實戰時使用的子彈來試射……

「100公尺是往下幾公分」、「200公尺是往下幾公分」。

「500公尺是往上幾公分」、「800公尺是往上幾公分」。

然後寫下這些資料做成表格，貼在槍托側面、瞄準鏡的內蓋等容易看見的地方。而這張表格就稱為「dope card」。

由於這一次有充裕的等待時間，所以夏莉使用了計算應用程式。

以夏莉的槍要狙擊564公尺外的目標，在加進若干目標在低處的角度後，必須往上瞄準120公分左右。

因此如果Pitohui出現在橋上，只要瞄準往上三個頭左右的地方射擊，應該就能命中她的胴體吧。

然後只要命中胴體，1發的價格等於50發一般子彈的必殺開花彈應該就會確實完成工作才對。

兩個人就像這樣為了狙擊Pitohui，而且是為了一擊必殺而等待著過去的小隊成員擊退怪物並且渡過橋梁——

但是那些傢伙當然不是毫無對策就直接衝過來的笨蛋。

M手拿盾牌保護著前方與左右等三個方向，然後踩著慎重的腳步往前進。這樣的話無法一擊就給予致命傷害。

最後面的蓮腳步經常變慢，讓她變成在保護左翼的不可次郎所持盾牌後方，也就是離開掩護區。

目標只有蓮的話，夏莉應該有過好幾次狙擊的機會了，但是她沒有開火。

「咦～妳不恨在ＳＪ２幹掉妳的傢伙？」

面對克拉倫斯的問題……

「我不會因為私怨而射擊人。」

夏莉回答了相當帥氣的一句話……

「妳在搞笑嗎？明明因為私人恩怨而追著Pitohui到處跑？」

「我不把Pitohui當成人。」

「我怎麼說妳都能回嘴。夏莉小妞真是太可愛了。」

「要我先幹掉妳嗎？」

「夏莉小妞真是危險。先不要管私怨什麼的，在這裡先減少一個人的話，之後也會比較輕鬆啊。」

「想做妳就自己去做。」

「ＯＫ！那把槍借我。」

「不要，妳會弄壞。」

結果對方就這樣過完橋，被Pitohui逃過了一劫。

已經完全看不見朝機場前進的蓮了。

克拉倫斯緩緩蠕動著把頭轉往相反方向。這是為了警戒可能從西側過來的敵人。

兩個人在大鐘旁邊一動也不動，也不把臉看向對方就直接開始對話。

「那接下來該怎麼辦，夏莉？既然知道包含Pito小姐在內的三個人在那棟房子裡，要不要兩個人騎摩托車強行襲擊？好像電影那樣，很帥氣不是嗎！」

聽見克拉倫斯的「作戰」後……

「妳是笨蛋嗎？靠近的時候就會因為引擎聲而被發現，然後死於毫不留情的齊射。」

「很帥氣的死法啊！對了！這正是使用自爆背包的好時機啊！」

從ＤＯＯＭ小隊的屍體那裡搶來的，半徑50公尺以內都是效果範圍的恐怖炸彈背包正隨手被放在鐘樓的梯子底下。

如果這裡被敵人發現並且包圍，兩個人已經毫無勝機的時候——

只要丟下一顆電漿手榴彈就能造成誘爆，將敵人連同教會一起轟飛。

「如果快死了也就算了，我絕不允許在健康狀態下進行特攻。聽好了，給我認真思考。」

「嗯，這我最擅長了。」

「…………」

「好了，繼續說下去吧？」

「我們只有兩個人而已。目的是要幹掉Pitohui——」

「是優勝吧？」

「……幹掉Pitohui之後再說吧。我再確認一次。即使只有兩個人，我們還是有兩個優勢。首先就是在那四個人死光之前，掃描都不會掃到我們。再來就是我能夠進行無預測線狙擊。還有具備一擊必殺的開花彈。訂正，總共有三個優勢。」

「還有兩個人都是美女。總共是四個喲。可以誘使腦袋被情色支配的可憐男人們放下戒心。真是的，GGO為什麼不能脫下內衣呢……讓男人看一下胸部就能讓其破綻百出了啊！」

夏莉真心無視克拉倫斯認真的煩惱。她又接著表示：

「然後也有無論如何都無法改變的劣勢。妳說說看吧。」

「咦，太美了嗎？」

「給我認真一點。」

「嗯，因為只有兩個人，只要被大量敵人靠近並且包圍就不用玩了。」

「明明就知道啊。被發現時就是死期到了，所以行動務必慎重。別忘了啊。」

「忘了什麼？」

「射爆妳的頭會想起來嗎？」

「要慎重呢。了解了！」

「…………那三個人離開建築物後，等拉開一段距離就從後面跟上去。」

「騎摩托車？」

「不行，聲音會被聽見。得徒步了。」

「根本是跟蹤狂。」

聽見克拉倫斯的玩笑話，夏莉則是一臉認真地回答：

「『stalk』的意思是『偷偷靠近獵物』。獵人和狙擊手本來就都是跟蹤狂。正如我之前所說的，我在現實世界也是獵人。不知道已經在森林裡進行過多少次追尋足跡的跟蹤了。只要一找到機會，就幹掉Pitohui。」

「啊哈哈了解。Let's hunting season！獵物是Pitohui吧。不過夏莉，有件事情希望妳跟我約法三章。是很重要的事喲。和妳的評價有關。」

「什麼事？」

「就算順利解決Pitohui，也不能把她的內臟取出來喔。」

＊　＊　＊

十二點五十八分。

「高速公路上面！以地圖來說是『2之五』！我在那裡發現交通工具了！」

藉由通訊道具，在房子裡警戒待機的Pitohui等三個人耳朵裡都能聽見蓮興奮的聲音。

得到蓮回傳的報告。

所謂的「2之五」，是用來顯示出地圖的位置。10公里的四方形戰場，可以用一百個1公里的方格來組成。

也就是從北往西的第二格，然後再往南的第五格。模仿了將棋的棋子放到位置上時的表現方式。

M在地板上攤開地圖，然後將「2之五」擴大。那是從東西向高速公路經由交流道往機場分歧出去的道路。

蓮接著又用感到納悶的口氣繼續報告。

「這是什麼……？巨大的貨櫃裡面放了六台奇怪的交通工具。」

「蓮，只說奇怪根本無從判斷喲。可以稍微用日文說明一下嗎？」

不可次郎如此說道……

「嗯……摩托車？又好像不是。不過，應該還是摩托車吧……？雪上摩托車？但是又有輪胎……」

但蓮的報告還是不得要領。

M他們只能歪起頭來，但是蓮對於機械本來就所知不多，所以也沒辦法多做形容了。大概跟可能會有詭雷，所以不敢輕易靠近也有關係吧。如此一來，就只有「百聞不如一見」了……

「好吧，我們追上去。妳在貨櫃後方警戒待機。時間到了就拜託妳看掃描。記得要小心夏莉的狙擊。」

「了解！」

M他們三個人各自拿著兩面盾牌，離開房子後開始全力奔跑。方向跟剛才的蓮一樣是北方。

「好。我們走吧。」

「好喲。開始當跟蹤狂！」

為了爭取從背後狙擊獵物的機會。

夏莉與克拉倫斯也開始行動了。

十三點零分。

所有玩家的視界裡都跳出宣告這個消息的文字……

第六次的掃描開始了。然後彈藥也完成第二次的完全回復。

「可惡！」

但是對ＴＯＭＳ小隊在奔跑中的柯爾來說，這是相當礙事的情報。

抱著愛槍黑克勒＆科赫公司製「ＭＰ７Ａ１」衝鋒槍奔跑的他只有自己一個人。

視界左上方隊友的ＨＰ條全都打上了×。

戰場地圖西北部，或站或倒的高樓大廈形成的廢墟之中，柯爾拚命奔跑著。他越過粉碎的瓦礫，在焦黑的車輛引擎蓋上留下足跡，然後踢飛倒地的看板。

他的服裝與裝備是越野靴、緊身褲襪以及短褲，加上簡單的裝備背心與四個彈匣袋這樣的輕裝打扮。

跟蓮一樣，是盡可能快速移動來擾亂對手的角色能力。但也因此只能拿輕量的槍械，對於傷害的抵抗力也比較低。

柯爾甚至沒有餘力觀看掃描，只能奔跑在破落街道，這時有從槍榴彈發射器延伸出的預測線從他背後襲來。

呈拋物線的預測線大概是偶然阻擋了他奔跑的方向……

「嗚哇糟糕！」

柯爾一瞬間做出判斷，停止奔馳改為衝進附近大樓的入口。

咚磅。

飛過來的槍榴彈爆炸後晃動四周圍，爆炎、黑煙以及塵埃奪走了視界。真的是千鈞一髮。剛才要是繼續跑的話，絕對會被轟飛吧。

「可惡！我不會輸的！」

即使只剩下自己一個人，柯爾還是沒有放棄。

追逐他的是名為T－S的「作弊」隊伍。

以鈍重裝甲防禦攻擊，幾乎是埋頭硬幹的他們，對於以「像蝴蝶般飛舞、像蜜蜂般攻擊」為準則的TOMS小隊來說根本就是邪魔歪道。可以算是最無法接受的存在。

而且隊友還被這樣的小隊幹掉，自己則夾著尾巴逃跑，實在是窩囊到了極點。

但柯爾也不是強行挑戰無法獲勝的對手並且因此而死亡的笨蛋，所以他不會自暴自棄。眼前為了確保自身的安全而拚命奔逃。

煙霧稍微散去的瞬間，柯爾就跑了起來。

剛才的槍榴彈攻擊應該是隨便射擊造成的偶然。憑自己的腳程，應該可以從他們的視界逃離才對。

真沒想到T—S會從這屆開始裝備槍榴彈發射器。他們應該也投注心力到GGO裡，試圖要充實自己的裝備吧。

從稍微瞄到的圓柱型剪影，可以知道那是黑克勒&科赫公司製的「M320」不會錯了。

這是單發式的槍榴彈發射器，可以裝置在步槍槍管下方，也可以單獨加裝握把來使用。T—S是後者。

他們有三個人拿著這種發射器，因為子彈會回復而毫不客氣地扣著扳機。伙伴大部分是被槍榴彈幹掉。

「可惡！雖然想復仇，但暫時辦不到了。」

柯爾一邊跑一邊冷靜地分析狀況。

淪為獨自一人的現在，目標就只剩下「持續躲藏」了。

然後等小隊之間互相廝殺，到了最後的最後才活用唯一的機會發動拚死的攻擊。那個時候就算同歸於盡也沒關係。

憑自己的腳程應該可以逃離鈍重的T—S，但遇上交通工具就很麻煩了。

這個廢墟存在道路被大樓覆蓋的地方，所以還算是容易躲藏，但是也不知道能夠撐多久……

邊跑邊煩惱著的柯爾眼前突然一片開闊。

他來到兩條鐵軌筆直往前延伸的鐵路上。

「哎呀……」

突然來到開闊處而嚇了一大跳的柯爾，立刻就咧嘴笑了起來。因為他在距離100公尺左右的地方發現了柴油機車。

「應該可以動！好，就搭那個到地圖南方的森林去躲起來！」

柯爾發現勝機了。

用那台鐵路機車在鐵軌上瘋狂奔馳吧。乾脆直接來一場瀟灑的「單身放浪鐵路之旅」。

目的地是森林。

森林裡頭是獨自一人到處逃竄的最佳地點。樹木茂盛的話，從空中的槍榴彈發射器攻擊也會失去效果。

「我還很幸運喲！看著吧各位！我會帶領這支小隊贏得優勝！」

柯爾以全力奔跑移動了100公尺，然後立刻迅速從車體後部的梯子爬上去，結果被設置在該處的手榴彈炸飛而死。

老大在結凍湖面上看著十三點的掃描——

「很好，沒問題吧！」

並且對願意幫忙當「司機」而出來迎接的蒙面男搭話……

「等等，這沒辦法。還是放棄比較好。」

結果從男人那裡得到這樣的回答。

從掃描得知蓮的位置是在通往機場的高速公路上。從這裡的話，橫越機場的直線距離是4公里。就算乖乖把高速公路當成道路使用也有6公里左右吧。

「為什麼呢？」

老大露出狐疑的表情。因為她真的不清楚男人不願意發車的原因。

眼前的悍馬車的話，只要五分鐘就能解決這樣的距離。就算是在前方下車，也能夠藉由十三點十分的掃描知道雙方的位置，進行期盼已久的小隊單挑。而且MMTM的位置依然在機場北側，遭到阻礙的可能性應該很低才對。

「嗯……」

即使蒙著臉也能知道男人露出扭曲的表情。

雙手環抱胸前考慮了數十秒之後，才稍微瞄了現在悠閒坐在圓陣當中的Fire一眼。

「算了。妳們現在算是同伴，就告訴妳吧。」

說完就放下雙臂。

「LPFM的所在地是我們開始的地點。然後那裡有交通工具。因為不想在小隊密度相當高的開局快速移動而引人注目，所以我們就沒有使用。他們待在那個地方的話應該已經找到那個了。我們雖然留下了禮物，但他們不是會上鉤的笨蛋吧。」

「什麼……」

老大終於理解了。

雖然不清楚是什麼交通工具，但蓮他們的行動速度將大幅度增加，這表示就算追也很可能追不上。

然後這個男人也想避開下一次掃描時出現在奇怪地方的結果吧。

「我知道了。就乖乖等待下一次掃描吧。謝謝你告訴我。」

「這沒什麼，妳太客氣了。」

「謝都謝了，可不可以順便告訴我那裡有什麼？」

「嗯。是很奇怪的傢伙喔。」

「這傢伙太奇怪了！」

不可次郎這麼大叫。

時間是十三點四分。

ＬＰＦＭ的四個人在蓮找到的交通工具前面。這是腳程遲緩的Ｍ拚了命奔跑後的結果。

順帶一提，蓮因為擔心一直待在同一個地方會不會有怪物湧出，所以不停地到處奔跑。

兩個金屬箱子，也就是貨櫃大剌剌地並排在高速公路上。而且是在道路中央。真的很讓人困擾。

貨櫃是由國際規格來決定尺寸，而多種尺寸之中，這算是「40呎貨櫃」。長度大概是12公尺左右。高與寬大約2．5公尺。

前後的門一開始就打開了。宛如黑暗隧道般的貨櫃裡面，兩端都塞滿了車輛。

而且是外型很奇特的車輛。

從後面乍看之下像是摩托車。有一個後輪、跨坐的座位以及橫向發展的操縱把手。

但是從貨櫃的另一端，也就是從前面看的話——該種交通工具具備兩個前輪。有兩個橫向擴展的輪胎，中間是巨大的車體。

全長約2．5公尺左右。最寬的地方是前輪部分，兩端之間大約是1．5公尺左右。高度不算太高，大概是1公尺左右。屬於扁平外型。

如果將蓮曾經在滑雪場見過的雪上摩托車加上輪胎，大概就是這種模樣吧。不過那是前方有兩個雪撬，後方則是履帶。

躲在盾牌後方的小隊，除了M之外的三個人都警戒著周圍。M則是慎重地進入貨櫃調查是否設置了詭雷。

「該怎麼稱呼這種交通工具？把普通名詞告訴我吧。」

聽見不可次郎的問題後，小隊裡最熟悉交通工具的M就從貨櫃裡面回答：

「叫作『trike』。」

「噢，trike嗎？這我也知道喲——」

不可次郎這麼回答。

蓮即使聽見名字還是完全沒有頭緒，所以原本有點佩服不可次郎，但立刻就又想不可次郎應該是不懂，但為了說些搞笑的發言才會如此表示，於是就放棄了這個想法。

「就是收集三個就一出局的那個吧。」

蓮開始想稱讚自己的聰明程度了。

M溫柔地無視不可次郎的發言⋯⋯

「trike是tricycle的簡稱。也就是『機動三輪車』。其定義應該是有三個車輪，駕駛是跨坐，還有不是圓形方向盤吧。大部分是有兩個後輪，但也有這種兩個前輪的類型。另外也稱為『reverse trike』。三輪也有像普通摩托車那樣傾斜來轉彎的車輛，但那就不稱為trike。只是『三輪車』。」

真可以說是行雲流水一般的說明。

「原來如此。」

蓮以似懂非懂的心情這麼回答。由於實物就在眼前，也只能認為「trike是這種模樣」了。由於GGO的交通工具都有藍本，所以這種機動三輪車也真實存在，也能在現實世界買來騎乘。只不過不清楚一輛要多少錢就是了。

「喂喂，我已經從三輪車畢業了喔！」

不可次郎一開始雖然這麼說，但立刻又接著表示：

「那還能動嗎？」

「嗯，沒問題。燃料也很充足。惡劣的詭雷也全部解除了。讓我們心懷感激地使用這六台車輛吧。」

「有那麼多台啊？」

嚇了一跳的蓮這麼反問。由於她只有瞄一眼貨櫃，所以不清楚台數。

「嗯，各放了三台。」

M把一台三輪機動車推出來。一邊警戒著應該有敵人的西側發動狙擊，一邊把它藏到貨櫃東側。

來到外面之後就能清楚看見前面兩輪後面一輪的模樣。

即使跟M的巨大身軀相比也顯得龐大，應該是前面的兩個輪胎分量十足的緣故吧。

車體上有黑與銀等兩種顏色。雖然有GGO裡經常能看見的那種經過長年使用的「老舊感」，但不像DOOM的摩托車有瘋狂的改造或者是裝飾。

「很好！這樣每個人都能騎一台嘛！剩下來的兩台要留給夏莉和克拉倫斯嗎？等等，不用對脫逃的人那麼親切！爆破掉吧！」

蓮一直瞇著眼睛看著興奮不已的好友。

「妳覺得我會騎這個東西嗎，不可？」

「哎呀失禮了。只有蓮用自己的腳衝刺吧。反正妳很快，應該可以吧？」

「太過分了！」

「只要拿出兩台就可以嘍，M。」

Pitohui從盾牌後面這麼說道。她坐在為了預防夏莉的狙擊而並排在一起的三面盾牌後面，完全進入放鬆狀態。

「一台交給你和不可小妞。另一台交給我來騎，然後小蓮坐在後面。也就是雙載。」

蓮這才鬆了一口氣……

「咦～我很想騎耶。別看我這樣，也是有駕照的喔！」

不可次郎噘起嘴來這麼說。

但是看見被推到眼前的特大車體……

「啊～這樣我的手腳搆不到。」

立刻就收回前言並且放棄駕駛。ＳＪ２的悍馬車靠著背包才好不容易能踩到油門，但這種型態的車輛就沒辦法了。

Ｍ把第二台車推出來。這一台的顏色與剛才的不同，車體上到處塗著橘色與酒紅色中間的顏色。

「我要這台。看起來很時髦。」

雖然不可次郎擅自做出選擇，但認為顏色不重要的蓮沒有做出反駁，直接詢問認為更加重要的事情。

「Ｍ先生。我想這樣就能橫越機場了，那要如何對付ＭＭＴＭ？靜候他們到來只會單方面受到攻擊。拿著盾牌騎車……應該辦不到吧？當然，因為有速度，所以想逃走的話應該是沒問題……」

在Ｍ回答之前，Pitohui就從後面開口說：

「小蓮想怎麼做？要避開和ＭＭＴＭ的戰鬥，搭這個逃到某個地方去嗎？」

「不，要打倒他們！我想打倒他們！」

「很棒的回答。小衛衛他們一定也是這麼想。然後——」

「然後？」

「那些傢伙為了挑戰我們，應該也在找交通工具。當然也是為了不讓我們逃走。雖然是我的猜測，但我想不會錯才對。」

「原來如此……」

蓮的腦內重新浮現MMTM在SJ1時的模樣。當時他們搭乘四台氣墊船發動攻擊。

此時不可次郎開口說道：

「黑心的Pitohui老師，我有問題。」

「好的，不可小妞同學。」

「Pito小姐似乎很了解MMTM隊長的心理。這是為什麼呢？」

「哎呀，這是因為GGO開始營運不久後，我們一直都待在同一個中隊啊。並肩作戰的次數也不是一次兩次了。」

「哦……」「哦……」

不可次郎與蓮的聲音漂亮地重疊在一起。

「然後呢……嗯，這也算陳年往事了，而且也是希望妳們『可以事先了解敵人的情報』，所以就告訴妳們吧。小衛衛那個傢伙，那個時候不小心被我給迷住了！竟然對我說出『只在網路世界也沒關係。要不要一起生活！』這種類似求婚的發言！還說『只有妳可以叫我小衛衛！』。哎呀，他跟外表不同，是個很純情的傢伙呢！嗯，我當然拒絕他了！」

「這樣啊！」「…………」

不可次郎與蓮的聲音漂亮地沒有重疊在一起。

雖然對兩個人有這樣的過去感到驚訝——

更重要的是蓮也想起自己受到類似求婚的告白。

這款遊戲似乎跟自己的人生，或者可以說是「遊戲人生」有很大的關係。

這時蓮的眼瞼裡面並排浮現出炎與Fire的容貌——

「不承認遊戲的男人……就得死。」

蓮的腦內播放著某個部族的勇者可能會以僵硬口氣說出的台詞，握著P90的手開始用起力量。

「小蓮好痛啊！要裂掉了要裂掉了！」

感覺小P好像這麼說道。

在呈東西向分割整個戰場的高速公路，放置在路上的搬家公司卡車駕駛座裡，夏莉正架著她的R93戰術2型狙擊步槍。

用的是屁股坐在左側的駕駛座，背靠在車門內側，雙腳伸向右側副駕駛座，把長長的狙擊槍放在大腿上這種相當勉強的姿勢。

但是只有這個姿勢才能不被敵人發現，而且不從副駕駛座的窗戶露出槍身來狙擊。

大約500公尺前方。夏莉的瞄準鏡裡映照出蓮他們四個人從貨櫃裡拖出三輪機動車後站在其旁邊的模樣。她立刻就分辨出由粉紅小不點為首的各個成員。

然後……

「啊啊，可惡！」

看見四個人迅速分乘兩台三輪機動車離開的模樣。

一台是由M駕駛，不可次郎則跨坐在他前面。

另一台是由Pitohui操縱，蓮跨坐在後座。

他們朝高速公路北邊奔馳，消失在瞄準鏡當中。

再早十秒就狙擊定位的話，說不定就能狙擊從貨櫃後方出來的Pitohui了。

「…………」

夏莉默默地搖了搖頭。迅速將R93戰術2型狙擊步槍上了保險，然後緩緩解開勉強的姿勢，從駕駛座上走了下來。

在卡車旁邊舉著AR—57警戒著周圍的克拉倫斯……

「啊，來不及嗎～」

從沒有開槍就了解事情的經過。

兩個人在卡車後面，也就是東側趴著躲藏起來。雖說有人的話早就被攻擊了，但她們還是警戒著周圍是不是有敵人存在……

「那群傢伙以兩台外型奇特的沙灘車般交通工具往北邊前進。光靠徒步……已經追不上了。」

夏莉很懊惱般這麼說道。

「要回去騎摩托車嗎？或者還有那種奇怪的交通工具嗎？」

克拉倫斯這麼問完，夏莉就思考了三秒鐘左右，不過最後還是搖了搖頭。

「不論哪一種引擎聲都太吵了。車輛不適合跟蹤。我們一旦被發現就完蛋了。」

「唔嗯……不發出引擎的聲音，又能像車子那樣快速奔馳的交通工具嗎……真的有這種東西？」

克拉倫斯這麼問，但是夏莉沒辦法回答她。

十三點十分。

看見衛星掃描結果的老大……

「…………」

只能被迫保持沉默。

手中小小的畫面裡，兩個光點正在高速移動。

地點是機場內極為寬敞的跑道上。也就是我方的起始地點。

光點上面的名字是ＭＭＴＭ與ＬＰＦＭ。

兩個光點在掃描的瞬間也沒有停下來。

簡直就像在誇示獲得交通工具一樣，也像是為了讓對手了解這件事一般。然後也像是要表示即將正面挑戰對手。

加油啊，蓮。別在這種地方死掉啊。

老大眺望著幾乎被灰色雲朵覆蓋的天空，對著看不見的星星這麼許願。

SECT.10

第十章　Dog fight

「呀啊啊啊！」

蓮有好幾次都差點摔下去。

疾馳的黑色三輪機動車後部座位沒有椅背，後部座位的後面直接就是車尾燈。平切掉的尾部前方只能看到粗大後輪的護罩。

Pitohui是投注許多時間在遊玩ＶＲ遊戲的人。她絕對也玩過不可次郎在玩的賽車遊戲才對。

所以才能輕易駕駛這種奇怪的交通工具，從剛才開始就一邊哼歌一邊駕駛。雖然真的很厲害，但也很粗暴。

發車的同時就猛然加速，讓蓮的身體整個後仰而差點跌下車，此外為了躲避路面的障礙物而緊急轉動龍頭時，蓮就換成差點因為離心力而飛到另外一頭去。駕駛中的Pitohui每次轉彎時都會把身體擋在內側就是了。

「Pito小姐，至少轉彎前說一聲嘛！我快跌下去了！」

「跟我抱怨也沒用。努力撐下去吧。要迅速用身體感覺轉向哪一邊喔。憑小蓮的反應速度應該沒問題。還有，抱住我會讓動作變遲鈍所以不准這麼做。要是抱住的話，就要有被親吻並且抱到床上的決心。」

「嗚咕……」

這傢伙真的會付諸實行。

蓮放棄掙扎，以沒有拿P90的左手用力抓緊後部座位兩旁的後座用把手。這是她唯一的救命繩了。

由於是以時速大約150公里的恐怖速度在高速公路上奔馳，周圍的空氣也變得像暴風一樣瘋狂擊打在身上。

以經常使用的單位來呈現的話，感覺到的風速大概是每秒40公尺左右。雖然幾乎就跟颱風一樣，不過颱風是「瞬間最大風速」。這邊則是一直持續下去。

猛烈的巨響襲擊耳朵，沒有通訊道具的話根本無法對話。

「蓮啊，摔下去的話就要用自己的腳奔跑嘍。呵呵呵～」

在距離前後左右約30公尺處奔馳的另一台三輪機動車上，不可次郎邊哼歌邊這麼表示。

也難怪她會這麼輕鬆。M不但身體龐大還有裝了盾牌的背包，所以無法正常地雙載，不可次郎只能坐在M前面。

在前方是龍頭，左右後方被M粗大手臂與雙腿包圍守護著的情況下，當然可以擋下加減速時的前後G力，側向的G力當然也沒問題。

由於目前是不可次郎塞滿槍榴彈的背包抵住M肚子的姿態，所以M必須盡量往後坐。他的屁股幾乎只是掛在後部座位上。

這台三輪機動車是像摩托車那樣以右手操縱油門把手，然後以左手的按鈕來調整半自動變速器，因此沒有左手的離合器桿與左腳的變速踏板。而右腳上的煞車則可以對三個輪子產生效果。

根據M所說，本來應該附加了「巡航定速」這種固定油門開度裝置，也就是能夠允許放開雙手來駕駛的機關，但是這些機動車上沒有加以重現。

是因為覺得這樣太危險還是太方便呢。答案就不得而知了。

Pitohui與M都必須用雙手來操縱油門與變速器，所以駕駛中幾乎無法使用雙手來擺出正確的射擊動作。如果可以的話，像騎馬射箭那樣的姿勢就很帥氣了。

因此Pitohui與M分別以肩帶將作為主要武器的步槍掛在身體前方與後方。

當然在行駛中就只有蓮與不可次郎能夠發動猛攻以及觀看掃描結果。

結束恐怖的高速奔馳後，兩台三輪機動車來到機場。

高速公路直接連結ㄇ字形的航廈內側。可以看到有一座巨大的立體停車場。道路前方應該有出發．抵達的大廳才對。

蓮他們來到這裡的目的不是接機，所以不會到那邊去。

他們從路上轉彎，經由損毀的閘門非法入侵機場。接著穿越原本只有飛機才能進入的場所。

眼前是開闊到難以置信的機場與又長又寬的跑道。

少數沒有鋪設路面的地點，上面的黑土也變得相當堅固，所以實際上是到處都可以行駛。在這長與寬各3公里的平坦空間裡，交通工具可以盡情奔馳。跑在該處的三輪機動車簡直就像在大海中航行的小船一樣。

時間來到十三點十分。

在雖然稍微降低速度，還是以時速80公里左右行駛的機動車後座，蓮把P90繞到背後，然後以空下來的右手拿著接收器。

包含SHINC在內的聯合隊伍沒有動靜所以先不用管，蓮開始尋找最靠近的敵人有何動向。

「MMTM行動了！往這邊逼近！北北西方大約3公里處！好快！」

「看吧！小衛衛太好懂了！」

「蓮，速度大概是多少？」

M這麼問完，蓮就把地圖擴大到只映照我方與敵人。光點突然速度加快，現在他們比我方還快了一點。

「比我們還快！」

「摩托車嗎？」

聽見M的自問後……

「不，我想大概一樣是三輪機動車。」

Pitohui以左手拍打油箱並且這麼回答。

「摩托車的話很難邊移動邊開槍。轉彎時必須傾斜車體，一旦失去平衡就會跌個狗吃屎。在這裡戰鬥的話，那些傢伙不會選擇那種交通工具。就像我們也不會選一樣。北邊也有跟這個一樣的三輪機動車。那些傢伙比我們早發現，應該是為了不被注意到而縮短了移動距離。」

「原來如此……」

「原來如此～」

蓮和不可次郎連續傳出佩服的聲音。

Pitohui將機動車的龍頭稍微往左轉，把車頭朝向MMTM。M也跟著她這麼做。

「要在絕對不能停止的情形下戰鬥。接下來的對決，要做好停下來的瞬間就被包圍起來射擊的心理準備。要一邊移動一邊互相射擊。像飛機的空中纏鬥那樣。擔任『槍塔』的兩位，準備好了嗎？」

不可次郎立刻表示：

「好喲～！」

隨著魚市場的大哥那種氣勢十足的聲音將雙手的ＭＧＬ—１４０往前伸。粗大的槍身就咚一聲靠在機動車的油箱上。

這個瞬間，三輪機動車就變成在前方加裝了兩門槍榴彈的砲艦機。

蓮把衛星掃描接收器收到胸口口袋之後，就把揹著的Ｐ９０拉過來，確認保險兼選擇桿是在全自動射擊的位置。

「嗯。很好！」

雖然打起精神來，但同時也產生了疑問。

「不過我被Pito小姐的身體遮住了幾乎看不到前面，也沒辦法射擊……」

從剛才就只能看見Pitohui裝備背心的背部、收納光劍的包包以及隨風搖擺時經常會打到鼻子的馬尾。

這樣下去的話，實在不覺得能夠拿Ｐ９０開火。

當蓮這麼想著時，Pitohui就溫柔地對她說：

「嗯。所以妳面向後方坐吧。」

「原來如此——咦咦咦！」

「好了，快一點吧！那些傢伙快出現了！」

「嗚……嗚嗚……」

蓮不情願地放開左手，然後一邊抓著Pitohui的背部，一邊在座位上半蹲。她的腳因為害怕而不停發抖。現在機動車要是猛然轉換方向，自己就會飛出去了吧。

畏畏縮縮的蓮好不容易才改變身體的方向改成朝後坐。

「嗚咿咿……」

說起來這也是理所當然，這次整個視界全是往反方向流動的景色。

蓮至今為止都是用自己的腳來高速奔跑，所以完全習慣從前面往後流動的景色。不過反過來的光景當然是第一次經歷，所以感到很害怕。

到剛才為止都能把腳放在後座的踏板上，但現在也辦不到了，雙腳只能懸在空中。用腿夾住後部座位的後端，然後左手更加用力抓住把手。

一想到要是這樣掉下去會有什麼下場，蓮就感到相當驚恐。想著有沒有安全帶的蓮，浮現用繩子把Pitohui的腰帶和自己的腰帶綁起來的念頭——

啊，不行。掉下去的話會被拖著然後遍體鱗傷……

蓮的腦袋裡浮現車子上寫著「我們剛結婚！」然後拖著空罐奔馳的影像。其中一個空罐就是蓮本人。

與其被拖著在柏油路上摩擦到死，乾脆直接掉下去還比較痛快。

「Tally-ho！」

不可次郎這麼大叫。自古以來就是「獵狐狸時發現獵物」的訊號，現在則是戰鬥機的駕駛員在「發現敵機」時所使用。

雖然臉朝後坐的蓮完全看不見，不過跑道的地平線上應該出現MMTM的身影了。

「果然是這種三輪機動車嗎？目視到六台。」

從M親切的聲音得知MMTM是一人一台的狀態。

「不用說你也知道吧，M？」

「嗯。一擊脫離。不可慎重地發射每一發槍榴彈。沒時間慢慢裝填。全部就12發。槍榴彈的話，首先無法期待能夠命中橫向的敵人。只要朝前方發射即可。」

「好喲！積極向前就交給我吧！因為這就是我的生活方式！」

「蓮則是反過來，瞄準後面的傢伙並且射擊。別節省子彈啊。」

「了……了解了！」

「蓮啊，不需要淪於悲觀喔……？」

「現在生活方式什麼的根本不重要！應該說朝後面不代表就是悲觀喔！」

蓮反過來吐嘈不可次郎之後，就對小隊成員提出更重要的問題。

「同樣的交通工具，對方只有一個人搭乘所以比較輕，應該會比我們快吧……？」

Pitohui這麼回答：

「是啊。但是那些傢伙必須自己駕駛和射擊，所以比我們還要忙。」

「原來如此……」

蓮的腦內開始模擬數量占優勢但繁忙的敵人，以及數量較少但分別有人負責駕駛與射擊的我方進行戰鬥時的情況——

但還是完全無法得到答案。

「這樣到底哪一邊比較有利？」

蓮忍不住開口這麼尋問……

「誰知道呢！凡事都得試試看才知道啊！不過大概是到最後都不放棄全力戰鬥的那一邊吧？」

從Pitohui那裡得到充滿幹勁的回答。

「說得也是！好！我們上吧！小Ｐ！」

酒場裡的觀眾瞪著從空中拍攝的影像。

主螢幕當中，在柏油海洋當中航行的兩台與六台三輪機動車正急速接近。畫面的兩側就映照出兩支隊伍，所以地面也就越來越短。

著。

和蓮他們一樣的六台機動車以20公尺左右的間隔橫向排成一直線，在寬廣的跑道上奔馳著。

駕駛的諸位ＭＭＴＭ成員現在手上都沒有拿武器。

各自以肩帶將突擊步槍、狙擊槍以及機槍吊在身體前方並放在膝蓋上，雙手則放在龍頭上專心騎著車。十分多鐘之前，ＭＭＴＭ也同樣在貨櫃裡找到這種三輪機動車。為了掌握駕駛感，也有時間可以試駕。接著做好只要有敵人來到機場就能迅速趕過去加以對應的準備。

大衛雖然預測到如果ＬＰＦＭ過來的話也會乘交通工具，但沒想到也同樣是三輪機動車。

順帶一提，大衛不清楚ＬＰＦＭ小隊這次是六人隊伍。也不知道其中兩名已經脫逃了。而且只有兩台而已。

如果敵人小隊是搭卡車或者四輪驅動車，就利用三輪機動車的速度在其周圍高速移動，然後停下來從遠方攻擊，對方反擊就重複移動的戰法。然後其中一台趁隙從後面接近並且重複攻擊。

簡直就像狼群襲擊巨大獵物那樣，盡可能以多數來包圍敵人並且發動波狀攻擊比較好，於是選擇了一人搭一台，也就是六台三輪機動車。

但如果迫近的ＬＰＦＭ搭的交通工具是三輪機動車，就不能行使這個戰術。

那麼，我方停下來攻擊的話是否能給予對方打擊呢，老實說這也很困難。因為對方也同樣能高速在寬敞的空間裡移動。有可能被靈巧地避開，或者直接從包圍網裡脫逃。GGO特有的彈道預測線將會助長這些情形出現吧。

既然如此，就只剩下一種戰法了。也就是我方也持續移動並且不斷地發動襲擊。

了解我方不一定能發揮數量優勢的大衛——

可惡的Pitohui……

預測故意不選擇四台而減少台數絕對是那隻女狐狸的點子後，大衛就在心裡這麼咒罵。

想到曾經迷戀上那樣的女人，就很想用手槍朝自己頭部開個三槍，大衛一邊這麼想著一邊對伙伴們做出指示。

「要先衝過他們的防線！別嚇到逃走啊！這樣反而會被瞄準射擊！」

準備以高速擦身而過的現在，先行轉動龍頭避開的話，將會把側腹暴露在對方眼前。

不論再怎麼害怕，也只能先擦身而過，然後為了繞到對方背後而持續移動。

聽見伙伴回傳「了解！」的聲音後，大衛就發出吼叫。

「上吧！讓我們去狩獵毒鳥！」

酒場的畫面當中，兩台與六台機動車正在急速接近。

相對速度應該到達時速250公里左右吧。這是過去不曾在GGO裡見到的速度。

「簡直就像是騎士的馬上比武……那麼，究竟鹿死誰手呢……」

「雖然不清楚結果，但我知道一件事。這場錯身而過的戰鬥，將會在前所未見的一瞬間結束。」

「別用洋洋得意的表情說理所當然的事情好嗎……」

「嗯，暫時不能眨眼了。」

由於沒有其他的戰鬥，現在所有螢幕都在轉播這場對戰。

酒場陷入一片寂靜當中。

在以一秒鐘70公尺的速度接近的情況下，M冷靜的聲音傳到大家耳裡。

「不可，發射1發槍榴彈。獵物與時機交給妳判斷。蓮在錯身而過之後就盡量射擊。」

「了解！交給我吧！」

「了……了解了！不可，拜託嘍！」

不可次郎咧嘴笑著說：

「包在我身上！」

左手握著MGL—140的「右太」。左手則是「左子」。小小的食指在幾乎快碰到扳機的地方停了下來。

即使距離不到４００公尺，再過幾秒就要迎接擦身而過的瞬間，不可次郎也沒有開槍射擊。

距離３００。還是沒開火。

距離２００。不可次郎雙手食指觸碰扳機，前方出現兩條彈道預測線，幾乎是以水平的形式往前延伸——

「哈哈！」

前方預測線來到眼前的健太，將龍頭稍微往右轉。

他已經預測到ＬＰＦＭ的槍榴彈少女在這次錯身時將往前方射擊了。然後大約在兩秒鐘前，也看見她坐在右側那台三輪機動車的Ｍ前方。

這樣就只要看著彈道預測線並且躲開即可。和以2馬赫飛過來的子彈不同，槍榴彈是緩慢地飛翔，所以不論是拋物線攻擊還是水平射擊，只要不錯過預測線就能簡單地避開。

健太的機動車迅速往右切，以在高速公路變換車道的要領改變前進方向——

和勒克斯跑在右鄰的機動車撞在一起。

健太看到自己的臉映照在勒克斯的太陽眼鏡上。

ＬＰＦＭ的兩台與ＭＭＴＭ的四台錯身而過時——

其中有兩台的輪胎已經離開地面。

健太與勒克斯的三輪機動車在行駛中發生猛烈的側面撞擊，各自朝著反方向彈開。

機動車具備控制車輛姿勢的機構，能夠防止行駛中的打滑與翻覆，但實在無法消弭撞擊。

健太的機動車往左側，勒克斯的則是往右側翻覆。

「嗚嘎！」「咿呀！」

坐在上面的兩個人飛到空中，健太從背部，勒克斯則是從脖子掉落到地上。而且車體撞上柏油路面後繼續橫向旋轉並且飛上天空。

ＬＰＦＭ與ＭＭＴＭ錯身而過，換成以每秒70公尺的速度遠離。

「哇哈！」

蓮聽著不可次郎開心的聲音，同時見到那個瞬間的光景。

自己的視界當中，有六台機動車從後面過來，其中四台直接高速擦身而過。速度猛烈到出現的瞬間就開始變小了。

剩下來的兩台遲了兩秒鐘後在不停旋轉的情況下出現在視界裡。每次撞上柏油路面就有零件散落，逐漸變成四分五裂的報廢車。行駛中的暴風聲與機械損壞的聲音混雜在一起。

原本坐在上面的一個人在柏油路面上滑行，背部撒下顯示受傷特效的多邊形亮片。

至於另一個人，脖子已經轉往不可能的方向，在機動車旁邊一起飛向天空。

身上已經出現「Ｄｅａｄ」的標籤。屍體再次重重跌落地面，在手腳亂顫的情況下滾動著。

這個時候，他揹在身上的長步槍也折斷並且爆散開來。很可憐的，從ＳＪ３開始使用的ＭＧＳ９０就此完全損毀了吧。

蓮由於太過驚訝，Ｐ９０連一發子彈都沒有發射……

「發……發生什麼事了？」

蓮對同伴這麼問道。

明明完全沒有聽見不可次郎射擊的聲音，但光是錯身而過就有兩台敵人的機動車飛走，其中一個人還因為事故而死亡。

「這哪有什麼。只是用了一點魔法。」

不可次郎這麼回答。

「這個臭風精靈。那實情是？」

蓮沒有相信好友的話。如果是在「ALfheim Online」裡也就算了。

「沒有啦，只是在微妙的時間差之下，讓彈道預測線在並排的兩台左右兩側發亮而已！然後他們就會急忙往反方向躲避，接著就撞在一起嘍！真是的，現實世界的話要更注意行車安全啊！在駕訓中心沒有學過嗎？以目視來確認死角很重要喲！」

「喔……喔喔喔！這個臭魔法師！」

蓮老實地發出驚嘆聲……

「很有一套嘛！」

「Ｎｉｃｅ。」

Pitohui與M也跟著這麼表示。

「蓮，已經確認一個人死亡了。另一個怎麼了？」

M開口如此詢問。

蓮凝眼確認在地上滑行的黑髮男有什麼下場，但即使從遠處也無法看見「Ｄｅａｄ」的發光標籤……

「受了重傷，但應該還活著！」

「了解。」

「M先生啊，停車吧。如果發生事故，應該正在拯救傷患吧。我對那邊發射1發槍榴彈吧？」

不可次郎如此提案……

「不行。那群傢伙沒那麼容易對付。」

卻遭到M否決。

「勒克斯死亡！我的HP也只剩下兩成……抱歉！」

聽見被拋出三輪機動車的健太這麼說，大衛就做出了決定。

「你在那裡回復HP吧！之後過去接你！」

「了……了解……」

「所有人，成縱隊跟著我來！向右轉！」

剩下的四台在大衛帶領下轉動龍頭。

「雖然減少了一個人，依然不是可以就這樣逃掉的對手。要再來一次正面攻擊。」

M一邊這麼說一邊為了轉向而踩下煞車。

Pitohui也跟著更加用力地踩下煞車。

一時大意的蓮受到減速G力搖晃，頭整個撞上Pitohui背部的防彈板。

「好痛啊。」

M他們的兩台車結束右轉彎來回頭時，大衛他們的四台車已經將前進路線朝向這邊，再次全速往這邊衝過來。

由於Pitohui也豪邁地轉動油門，蓮這次換成差點從臉部掉落到地面……

「嗚咿咿咿咿咿咿！」

她不由得發出恐懼的叫聲。

如果掉下去，就會變成剛才見到的那種脖子折斷並且在地面不停彈跳的屍體。

交通事故好恐怖……今後要更加注意才行……

被槍射擊與遭遇交通事故，現實世界中遇見的可能性絕對是後者居多，所以蓮就下定這樣的決心。

同時也想著，讓開車粗暴的傢伙們體驗悲慘的「VR交通事故」的話，他們說不定就會變成安全駕駛了。

「這次應該不會筆直地擦身而過了，大概在快碰到之前會分為左右兩邊。」

「為什麼會知道呢，Pito小姐？」

「女人的第六感。」

「那就不會錯了。」

當Pitohui與不可次郎對話時，與敵人的距離也再次迅速縮短。

M對不可次郎說：

「再一發。拜託妳了。」

「好喲！」

Pitohui對蓮說：

「這次小蓮也要開火喔。別擔心。小蓮一定很擅長這種攻擊。馬上就能抓到感覺了。」

「咦？什麼感覺？」

「等一下試就知道了。」

蓮歪起頭來……

「再五秒鐘。」

M的聲音讓她再度握緊P90。

看見MMTM彼此之間的間隔拉得比剛才更開後……

「沒辦法了！」

不可次郎以右太和左子各發射1發槍榴彈。

雖是朝超高速逼近的對手前方發動攻擊——

由彈道預測線得知攻擊的四台就配合時機往左右兩邊分開。榴彈擊中中間後爆炸，只削掉了一些柏油路面。

「嘖！不行嗎！蓮——分成左右兩邊嘍！」

「了……了解！」

蓮只用右手將槍托抵在肩膀上擺出射擊姿勢，將視線集中在比較容易射擊的左側。然後當錯身而過的瞬間找到進入視界的三輪機動車，一口氣扣下了扳機。

愛槍響起聽起來幾乎是串聯在一起的連射聲，一整排子彈飛了出去，但是……

「唔……」

連1發都沒有命中。對方大概是從30公尺旁邊擦身而過，以距離來說算相當近，機動車的目標也很大，連不擅長狙擊的蓮都覺得至少能夠命中個1發。

她當然知道原因。

自己所瞄準的前方沒有著彈預測圓。為了擊中機動車而事先預測對方移動的距離並且把槍口朝向他們前方，但是視界裡收縮的預測圓卻在遙遠的後方發光。

「啊……對喔！」

正如Pitohui剛才所說的，蓮一瞬間就注意到了。

「所有人都平安無事吧。好，直接分成兩邊進行波狀攻擊！從準備好的人先上！不要給對方休息的空檔！」

大衛下達命令後，MMTM就從緊急煞車與迴轉開始追逐起LPFM的兩台機動車。

駕駛技術最高明，以刁鑽的左轉彎加上鬼神般加速率先追上來的是薩門。強風晃動著他結實的身體。

薩門在右方距離80公尺左右的位置追著Pitohui所駕駛的三輪機動車。雙方的距離一點一點縮短。

機動車來到最高檔速後薩門就放開左手，開始只用右手來駕駛。這是在超高速下的單手駕駛。但是三輪機動車相當穩定，在跑道上不斷往前奔馳。

薩門只用左手握住吊在身體前方的「SCAR—L」突擊步槍。簡直就像在拿手槍一樣舉著這把將槍托摺疊起來的槍械。

準備結束的薩門一口氣轉動油門並且將龍頭往左轉。這是從右橫向急速靠近Pitohui三輪機動車的路線。

由於像戰鬥機空戰般一瞬間就交錯而過，根本沒有叫出著彈預測圓並且加以倚靠的時間。

薩門自行瞄準後，準備以全自動模式盡情開火而縮緊胳膊。

Pitohui的三輪機動車以猛烈的速度在視界中變大……

「受死吧！」

薩門只用一隻左手來開槍。子彈隨著巨大槍聲一起飛出——

全都射偏了。

「咦？為什麼？」

果然是這樣嗎！

蓮藉由對方的射擊而確信剛才自己注意到的事情完全正確。

對手從右側斜向衝過來，通過眼前時開槍射擊的子彈——

應該說子彈速度太快根本看不見，而是之前的彈道預測線全都漂亮地通過我方機動車前方約10公尺左右並且消失無蹤。

一整束線條就表示彈道沒有分散，因此對方不是沒有瞄準就開火。明明確實瞄準了才開槍，卻全部貫穿了完全不同的空間。

造成這種結果的理由只有一個。

對方的「瞄準」完全偏差了。

但是對方應該確實完成了一定程度的瞄準，然後認為這種距離不可能失手才會開槍射擊。

但即使這樣還是射偏了。就跟剛才自己的射擊一樣。

蓮已經發現這其中的奧妙了。

那是因為「不只是目標，自己也在高速移動當中」。

自己停止不動，只有目標移動的時候，只要瞄準移動目標的前方就可以了。這不是太難的事情。算是狙擊奔跑對手時的要領。GGO玩家的話，一般都會這麼做吧。

但自己也移動的話，一切就全得反過來。

比如說自己移動，標的靜止的時候——

直接瞄準標的絕對無法命中。自己移動了多少向量——也就是速度與角度將會加諸於子彈上，造成命中標的前方的結果。

剛才的對手從斜向追過自己後就立刻開槍。也就是說對方的速度比較快，發射的子彈也會越過我方而通過前面。

「Pito小姐，這樣很難命中目標啊！」

蓮一這麼說，就從前座傳來回答。

「我想也是。但小蓮應該習慣了吧？而且妳的搭檔也很擅長這種事不是嗎？」

「那是當然了！」

蓮元氣十足地回答。

不斷提升敏捷度的蓮，能夠用自己的腳發揮出相當的速度。然後不知道在這種狀態下進行過多少次死命開火的戰鬥方式了。

搭檔P90那一秒間15發的高速連射也這個幫忙推了這個戰法一把。

「開始習慣這個速度以及Pito小姐粗暴的駕駛了！」

「這樣才是小蓮！那麼，差不多可以盡全力來戰鬥了吧？M，你們先到旁邊喝茶休息一下吧。」

另一台機動車的回答傳進蓮的耳裡。

「了解。」

「咦，我才發射2發——唉，算了。剩下的就當成蓮的獵物吧！」

酒場的畫面映照出由Pitohui和M駕駛的兩台機動車逐漸拉開距離的模樣。

看見這一幕的酒場觀眾……

「咦？要逃走嗎？」

完全看不出LPFM打的主意。

「想逃也沒辦法逃吧？雙載的車輛比較重，絕對會被追上喔。」

「說得也是。Pitohui大姊是怎麼了。退化了嗎？」

「小蓮也要在此喪命了嗎?」

「幹掉她們吧!骷髏小隊!」

雖然觀眾們都盡情大放厥詞,但是看見其中一台載著顯眼粉紅色客人的機動車再次轉頭之後……

「等等,她們要戰鬥喲!」

「那麼,要上嘍!」

Pitohui傳出很開心般的聲音後……

「好!上吧!」

蓮也接著這麼說道。同時把力量灌注到左手與腿部。

下一個瞬間,引擎傳出尖銳的吼叫聲。

三輪機動車就像被踢飛出去一樣一瞬間加速,然後開始往右迴轉。後輪稍微打滑,這時車輛的控制系統就立刻介入,車體因此沒有側滑而開始轉頭。

「嗚咕咕咕咕咕咕……」

蓮拚命抵抗著不被橫向的G力給吹飛出去。

同時也確定了一件事。

Pitohui直到剛才都為了尚未習慣的蓮而實行了非常平穩的「安全駕駛」。

Pitohui的機動車簡直就像子彈一樣，猛然朝剛才射擊我方的薩門所駕駛的機動車追去。

為了交換彈匣以及跟伙伴會合而降低速度的薩門……

「嗚喔耶！」

看見後照鏡中稍微映照出的點越來越大後嚇了一大跳，兩手抓住龍頭後用左手手指調降了兩檔，並且扭動右手的油門。

薩門將機動車的加速性能發揮到極限來逃走。但是他似乎太晚才發現……

「來吧，第一台！」

被Pitohui以時速180公里迫近的機動車追上，先是在右側並肩行駛，最後更遭到超車。

這時的間隔僅僅只有2公尺。

在警察看見一定會開罰單的危險超車當中，蓮毫不容情地發射P90的子彈。

那是宛如用水管灑水般的槍擊。

如此靠近的話，應該不會失手了吧。子彈襲擊薩門粗壯的上半身，中彈特效將其染為鮮紅色。

薩門像被漆潑中的頭上出現「Dead」的閃亮標籤。他所駕駛的機動車則是緩緩降低速度。

「OK！Nice kill！換下一台了，先換一下彈匣吧！」

Pitohui放鬆油門，以一定的速度行駛並且這麼說。雖然比剛才還要慢，還是有120公里左右的速度。

她接著又回頭盯著後面來確認敵人的位置。這是只有在寬廣的跑道才能辦到的危險駕駛行為。

蓮很乾脆地把剩下10發左右的彈匣拿下來丟在路面，然後從包包裡取出新的彈匣來裝進P90裡面。這樣加上膛室裡面的1發，總共可以連續發射51發子彈。

蓮換完彈匣後Pitohui就驟然減速。從120公里降為60公里左右，接著突然開始U型轉彎。

幸好平常總是往右側轉彎，所以蓮是用左手抓住把手。如果往左轉的話一定就被甩飛出去了。

即使承受著強烈的橫向G力……

「好，下一台！」

蓮還是充滿了鬥志。

ＭＭＴＭ也同樣充滿了鬥志。

兩名伙伴被殺，一名身受重傷，不可能就這樣直接撤退。

「傑克！你停下來對付她們！」

「了解！」

作戰在大衛的隨機應變之下有所改變。趁著這個機會，把很難邊行駛邊開槍的機關槍固定下來。乘坐的機動車就成為機槍架。

這樣能邊移動邊攻擊的就只有大衛和波魯特了。計劃以兩台機動車同時襲擊蓮她們那一台機動車，並且將其誘導至傑克的火線。

傑克橫向停下機動車，把機關槍設置在座位上。由於是在跑道與滑行道之間，大衛就記住了眼前的模樣，也就是把位置牢記在腦袋之後……

「波魯特，跟我來！」

「了解！」

大衛說完就跟辮子頭隨風飄動的男人一起朝著遠方的Pitohui加速。

「喂喂Ｍ呀，Ｍ先生啊。我們該怎麼辦呢？」

不可次郎以M的單筒望遠鏡看到傑克停下來設置了機關槍。

不可次郎與M目前距離成為主戰場的地方相當遠。因為他們趁著Pitohui與蓮戰鬥的期間一溜煙逃跑了。

M在距離傑克1400公尺的位置停下三輪機動車。

「暫時在這裡待機。Pitohui在盡情肆虐的時候插手或者是攻擊都反而會成為阻礙。」

「喵來如此。」

因為Pitohui是打算高速四處跑動來讓蓮開火射擊，當然不可能隨便插身而入或者加入槍榴彈發射器的攻擊。

「至少用我的女性魅力或者槍榴彈來解決那管機槍吧？」

這個提案也被M否決了。

「射程完全不足。靠近的話會先遭到攻擊。」

不可次郎的MGL—140的最大射程大約是400公尺。目前的距離實在太遙遠了。

「唔……」

不可次郎還是不放棄。她想丟出一個優秀的作戰來受到大家的稱讚。也想得到眾人的奉承。

「那麼，M先生一個人拿著盾牌悄悄靠近然後進行狙擊呢？我會在這裡幫你加油喔。」

「嗯，這點子是不錯……」

「對吧？」

「不過在我靠近之前，一切應該就結束了吧。」

「這樣啊～」

「上吧！」

Pitohui駕駛的機動車隨著這樣的叫聲在跑道上筆直地前進。

時速再次超過180公里。引擎發出上升到極限的尖銳吼叫，車體也不停地震動。

Pitohui為了減少空阻而盡可能伏下身體，但吹到蓮身上的風也因此而更強，讓她帽子上的耳朵整個往前飄。如果不是在虛擬世界，帽子應該早就被吹走了吧。

即使如此，蓮的身體和眼睛還是逐漸習慣了這個誇張的速度。

然後也確實看見從後面追上來的兩台三輪機動車。

兩名MMTM的成員為了不被Pitohui甩開而拚命跟了上來。GGO原本是射擊遊戲，只有這個時候變成了賽車遊戲。

他們似乎熟知P90的有效射程範圍，所以經常保持250左右公尺的距離。

蓮數次試著瞄準對方，但是著彈預測圓都因為距離以及車體的震動而極不安定。由於覺得實在無法命中，也就不浪費子彈了。

三台機動車的超高速追逐持續了十秒鐘左右……

「不行！那些傢伙都不靠過來！」

蓮放棄射擊並且向Pitohui報告。

「那就想別的辦法吧。」

「直接把他們引誘到M先生那邊如何？」

蓮如此提案。心裡覺得是很不錯的點子。

「那樣應該會被發現吧。與其那麼做——」

Pitohui一這麼說完，左手就放開龍頭，靈活地打開視窗來操作倉庫欄。

繼開車東張西望之後，竟然開始單手&邊看手機邊駕駛的行為。好像有點不一樣就是了。

接著在Pitohui面前實體化的是1發大型電漿手榴彈，也就是通稱「巨榴彈」的武器。

像小玉西瓜般的物體「喀咚」一聲掉落在油箱上，剛好夾在Pitohui的兩腿之間。

「來吧，小蓮。」

對方背著手把超大電漿送到自己眼前的蓮，將P90放在膝蓋上並且鬆手之後，就用手掌把手榴彈接了過來。

對於筋力值低的蓮來說，它給人相當沉重的感覺。所以當然無法遠投。為了不讓它掉落，立刻就把它抱住。

應該是要自己滾動它來攻擊追上來的兩台機動車吧……

「Pito小姐，妳覺得會命中嗎？被看見丟到地上的話，對方只要避開就可以了。」

這怎麼說都只是在浪費彈藥吧？

雖然總是很佩服Pitohui的戰鬥天分與點子，但這次實在太可疑了。

「不用命中也沒關係喲。聽好嘍，把那個傢伙——」

想著一有機會就幹掉她們而猛追Pitohui機動車的大衛，看見粉紅色小不點把某樣東西丟到路面。

看起來像巨榴彈的物體，無論怎麼看都是巨榴彈。

波魯特也同時注意到……

「巨榴彈！迴避！迴避！迴避！」

在大衛開口前就先發出警告，兩個人為了遠離寬廣的爆炸範圍，也為了盡量避開爆風的影響而往左右兩邊散開。大衛往右。波魯特則是往左。

巨榴彈就這樣從前面滾過兩人之間，同一時間……

「咦？」「咦？」

Pitohui的機動車就像要追上它一樣往後前進。

實際上巨榴彈與機動車都還在前進，只是對於速度快的大衛與波魯特來說，看起來就像是往後退一樣。

另外路面平坦、顏色全部一樣，而且粉紅色小不點臉朝後坐也加深了這種錯覺。

巨榴彈一直沒有爆炸，只是逐漸離兩個人而去。

Pitohui接著就緊急煞車的三輪機動車也一樣。

也就是說那顆巨榴彈沒有按下爆炸按鈕……

「可惡！」

當大衛注意到我方再次遭到欺騙時，已經來不及了。

Pitohui再次扭動油門，猛然追上從左側通過的波魯特。

機動車瞬間追上目標，與其並肩而行並且超越……

「幹掉他！」

「看我的！」

蓮扣下扳機。用一隻右手橫向伸出的P90，以全自動模式噴出火花。

而且槍械本身不是平常的直向，這時候已經打橫了。這是將開火的後座力朝橫向而不是上

方錯開的開槍方式。

波魯特雖然準備用左手舉起自己的槍械ＡＲＸ１６０突擊步槍，但終究沒能成功。

蓮也是用單手射擊，所以子彈整個散開，但是Ｐ９０一秒15發的連射速度還是不容小覷。

大方發射出去的5.7毫米彈因為後座力而橫向張開彈幕。其中有3發準確地命中了波魯特的額頭。

從ＨＰ的消失速度可以知道是立即死亡狀態。

「可惡啊啊啊！又來了！這個粉紅色的矮冬瓜——！」

留下充滿怨恨的發言後，油門被固定住的機動車就載著亡骸繼續行駛。

應該會直接跑到戰場的北端去吧。

「成功了！」

蓮歡喜的聲音……

「用右手抓住！」

與Pitohui的聲音重疊在一起，接著機動車就緊急煞車並且往左迴轉。

然後就是許多彈道預測線刺向機動車周圍。

「嗚咿！」

蓮按照本能縮起脖子，並且看向這些預測線的主人。

原來是大衛。

「咦？」

他的雙手離開了機動車的龍頭。而且站在踏板上，以雙手穩穩地架著突擊步槍。即使如此，機動車還是以一定的速度行駛著。

「為什麼？」

大衛騎馬射箭的連射就這樣開始了，只不過用的不是弓箭而是突擊步槍。蓮的周圍有許多子彈沿著預測線發出低吼飛了過來。

「呀啊！」

聽著子彈掠過耳朵的咻咻聲……

別射中別射中別射中別射中！

蓮持續在內心詠唱著這樣的咒文。

然後就聽見……

「咕！」

Pitohui的呻吟聲。

「啊！」

蓮看向視界左上角的同伴HP條，結果就發現Pitohui的HP不斷減少。

「別擔心。只是擊中胸部旁邊。那個大色狼！」

Pitohui這麼說完，HP就在剩下八成左右停了下來。

「太好了。」

蓮鬆了一口氣的下一個瞬間，機動車的左前方就發生爆炸……

「咕！」「嗚呀啊！」

在載著Pitohui與蓮的情況下，左前輪就像被抬起來一樣遭到爆風吹飛。

一邊左迴轉一邊逃走的機動車，因為橫向G力與爆風而整個往右側傾斜——

「Pito小姐！倒下去了倒下去了！」

「別擔心！嘿呀！」

Pitohui豪邁地把龍頭轉往右邊。機動車的右前輪發出摩擦聲並且從左迴轉變成右迴轉。重量加諸於另一側後，原本快要側翻的車體與兩個人才穩定下來。

機動車只靠右前輪與後輪行駛了一陣子，車體便緩緩恢復水平……

「小蓮，抓緊了！」

「嗚咿？」

機動車的車體代替失去的左前輪觸碰到地面。

Pitohui雖然緊急煞車了，時速還是在80公里以上。車體在柏油路面發出摩擦聲，零件受到磨損並且出現火花，最後不斷破裂而被往後方吹飛……

「嗚呀！好痛啊！」

坐在後部座位席的蓮，右半身被其中幾個碎片打中。

機動車拖著長長的火花，同時速度逐漸減慢。

之所以沒有翻覆，全是靠Pitohui的執著吧。機動車失去左前輪與周圍的大量零件，最後在跑道的尾端停了下來。

完全停止的瞬間……

「啊啊……」

失去力量的蓮從後部座位上滾落，咚一聲掉落在車體左側的柏油路上。

Pitohui依然跨坐在車上……

「看你幹的好事，小衛衛！M，重要的車輛變成廢車了。幫我付剩下來的車貸吧。」

然後咧嘴笑著這麼說道。

M的聲音回傳過來。

「在那裡等著。我立刻就去救援。」

「不，不要過來！大衛那個傢伙，能夠邊行駛邊用雙手架槍，確實地以步槍與槍榴彈發射器進行攻擊。靠近的話會被確實瞄準並且射擊喔。」

「唔？他是如何辦到的？」

「誰知道呢。可能是撿到新的馬戲技能了吧？」

「很好！」

距離雖然遙遠，但大衛還是確認到Pitohui的機動車停下來了。

由於沒辦法握住龍頭，所以機動車就持續筆直地行駛，距離Pitohui她們越來越遠。

大衛的雙手放開槍械後，右手就靠近油門握把。

然後拔出刺在上面用來將轉動過的油門握把固定住的戰鬥小刀。

將小刀收回胸口的刀鞘後，大衛再次握住油門。

硬質橡膠製的油門握把被小刀開了一個洞，如果下次再刺進去，完全就會斷裂而損毀吧。

不然就是被認定為破損，變成多邊形碎片而消失。

雖然是臨時想到的油門固定技巧，但最多就只能再用一次。

「傑克！我擊落毒鳥了！你那個位置能擊中嗎？」

「大約1000公尺！雖然有點遠，但是可以提供牽制！」

「好，上吧！在我過去之前別讓那些傢伙逃走！」

「了解！」

傑克試著以全自動模式的機槍射擊停止移動的Pitohui與蓮。

正如他所說的，目前大概是１０００公尺這種平常絕對不會射擊的遙遠距離。順帶一提，從剛才就開始變強的風有時候會刮得相當厲害，遇到這種情形的話子彈將會整個被吹偏吧。

但這是7.62毫米彈可以確實擊中對手的距離，而且也還很有威力。

傑克透過放置在機動車座位上那把ＨＫ２１的瞄準鏡，看著遠方宛如豆粒般的Pitohui她們，預測子彈落下的角度後將槍管大大地往上舉來瞄準對手。將配合心跳收縮的著彈預測圓重疊到兩個人的周圍。

然後……

「收下我的禮物吧！」

期待發揮牽制效果與偶然命中的傑克，重複了好幾次10發左右的連射。

Pitohui注意到彈道預測線，在用口頭對蓮下達命令之前，就單手先抓住嬌小身軀的脖子底部，然後把她丟到機動車的右側。

「哇噗！Pito小姐──妳做什麼？」

當Pitohui接著翻身來到機動車後方時，機關槍的子彈就命中周圍，接連引爆地面發出熱鬧的聲音。

「嗚咿！」

周圍持續傳出踩中摔炮般的聲音。射擊的槍聲反而因為距離太過遙遠而幾乎聽不見。

「喀喀嗯！」的金屬聲就是子彈擊中機動車左側的證據。由於已經無法行駛，所以就算被打中也無所謂，但蓮擔心的是會不會爆炸。

GGO的車輛有時候會發生盛大的爆炸。系統判斷「油箱中彈」後，就會連同橘色火焰炸得稀巴爛。

現實世界裡，車輛被子彈擊中也只會開個洞，沒有那麼容易就起火燃燒。

如果不是好幾種惡劣的條件重疊在一起，像是洩漏而氣化的汽油充滿車內之類的情形，實在很難發生把車體轟飛的大爆炸。

但目前所待的是GGO世界。

為了消除方便的車輛讓單方面占優勢的情形，除了一部分的裝甲車之外，系統已經讓子彈比較容易引起爆炸。

由於卡車的油箱是在車體下部，所以子彈不是那麼容易擊中，但是摩托車與這款機動車的油箱都是在車體上部。

行駛中的話會先擊中騎士，所以不會太擔心爆炸的蓮——但現在情況就不同了。光想到剛才帶自己舒服兜風的這台機動車，不知道什麼時候會變成炸彈，就開始覺得害怕起來。

依然趴在車體後面的蓮對身邊的Pitohui問道：

「Pito小姐，這樣很不妙了吧？可能會爆炸喔！」

「Yes！真的很不妙！當然很危險啦！」

「那為什麼還用這麼開心的口氣……」

蓮抬起伏下的臉來窺探四周。然後得知出現在空中的彈道預測線密度不是太濃。

從幾乎聽不見槍聲就能知道是從很遠的距離開槍。當然瞄準也不是太精確。這樣的話，應該可以用衝刺來逃離火線。

「Pito小姐，我們用跑的逃走吧！總比待在這裡好！」

「是沒錯，但我辦不到啊。剛好在減肥。」

Pito這麼說完就把左腳移到趴著的蓮面前。

「嗚咿！」

蓮這時才終於知道。

Pitohui纖細的左腳，從膝蓋以下的部分都不見了。切斷面像切割玻璃一樣平坦，像是要炫耀般大剌剌地顯示出線框模型，同時發出綠色光芒。

「被剛才的槍榴彈搞的。嗯，只受這麼點傷已經算幸運了！」

「…………」

蓮急忙把視線移向左上方。

Pitohui的HP再次減少為剩下六成。剛才真的完全沒注意到。

把視線移回她身上後，發現受傷的地方不只有左腳。手臂、胸口以及側腹，也就是左半身有很大的範圍都閃爍著數個紅色傷害特效。

這應該是被榴彈爆炸的碎片所傷，想到機動車被轟飛的輪胎所在位置，蓮就發現了一件事。

看見大衛的槍榴彈攻擊所發出的預測線，Pitohui就把自己的身體往左靠來擋下襲擊蓮的碎片。不是這樣的話，Pitohui不可能受到這麼重的傷害而自己卻是毫髮無傷。

「Pito小姐……」

「好了好了，還沒結束喔。」

Pitohui打下急救治療套件。一瞬間全身就發出淡淡光芒，開始了一八〇秒才能恢復三成的龜速HP回復。

在GGO裡頭，手指與四肢的缺損在經過兩分鐘後就會自動復活，不過在那之前Pitohui都無法奔跑。

在回復前要力量微弱的蓮拖的她走更是不可能。因此蓮就向可靠的伙伴請求救援。

「M先生！不可！被機槍和一台機動車夾住了！Pito小姐失去一隻腳而不能奔跑！快想點辦法！」

不可次郎首先這麼回答。

「咦！臨時要我想辦法也……M先生，怎麼辦？」

「相當困難。」

「怎麼這樣……」

聽見回答的蓮開始思考有沒有什麼自己能辦到的事情，接著就把想到的點子直接說出口。

「我跑出去跟MMTM的隊長單挑——」

「嗯，在進入P90的有效射程前就會被幹掉了。那傢伙擅長發射槍榴彈來牽制敵人，然後再以步槍瞄準射擊。可以放開雙手的現在，妳不是他的對手。小蓮的高速也會被封印住。」

Pitohui馬上以懇切又仔細的說明否決了蓮的提議。

「嗚……那——」

接下來就沒有好點子了。能想到的就只有一個辦法。

「那就剩下最後的手段了，小蓮妳自己逃走吧。和M會合後離開這裡，想辦法活下去。毫髮無傷的三個人沒有必要為了一個傷患冒險。」

「那Pito小姐呢？」

「小衛衛一定會因為私怨而把目標放在我身上，我會試著在這裡撐到腳長出來。」

Pitohui舉起裝著彈鼓的愛槍KTR—09。她拉了一下拉桿確認子彈是不是已經完成裝填。

劇烈的動作之後，經常會出現彈匣脫離槍械，裝填桿退後子彈沒有進入膛室的情形，所以像這樣的檢查相當重要。

這段期間，來自機關槍的子彈也不斷飛過來擊中周圍，然後偶爾也會擊中三輪機動車。

「怎麼這樣……」

「好了，快走吧！妳要跟老大對戰吧？還有女人間的約定不是嗎？而且老實說，妳在這裡只會礙事喲！」

「嗚咕……Pito小姐……祝妳一切順利！」

蓮最後留下這句話，稍微確認了一下彈道預測線後就衝了出去。

她朝著大衛所在的反方向猛衝。雖然會接近敵人的機關槍，但是這種距離的話本來就可以躲開預測線。

左右交錯跑了一陣子，然後——

該往哪邊跑才好呢？

「蓮！那麼妳可以到西北西來嗎？我們就在那邊前面！」

「謝謝！但是Pito小姐怎麼辦？」

這時傑克似乎注意到蓮，於是送過來更多的子彈。不過這樣朝Pitohui發射的子彈就減少了，所以蓮巴不得他這麼做。

蓮注視著預測線，接著把速度提升到極限。所有的子彈只能空虛地刨開蓮身後的柏油路面。

「Pito小姐她……嗯，Pito小姐她會有辦法的！妳放心吧！」

不可次郎也丟出令人無法安心的台詞。

「抱歉隊長！被粉紅色小不點逃了！」

聽見傑克的聲音後……

「那麼那台機動車後面就只有Pitohui一個人了！」

大衛下定了決心。他把警戒著M並且緩緩行駛的機動車車頭轉向Pitohui。

「一邊注意另一台一邊繼續牽制！我要幹掉那個女的了！」

「了解！」

傑克扣下機槍的扳機，大衛則是轉動機動車的油門。

MMTM對於Pitohui單獨一人的攻擊開始了。

看著大衛那輛原本在遠方一丁點，然後立刻就變大的三輪機動車……

「嗯……這下糟了。M啊，接下來就拜託你了。」

Pitohui發出這樣的一句話，幾乎可以說是遺言了。

怎麼這樣啊，Pito小姐！別放棄啊！

蓮雖然這麼想，但還是沒有說出口。

因為Pitohui是在對自己的死有所覺悟的情況下還願意讓她逃走，所以她覺得絕對不能向Pitohui說出這種話。

蓮背對著Pitohui全力奔跑，同時在內心祈禱著。

不論什麼樣的奇蹟、偶然，或者是神仙、惡魔甚至是死神都無所謂，請吹起一陣神風來守護Pitohui吧。

就在這個時候。

到剛才都還吹著的風停了下來。

與可恨女人之間的距離縮小到600公尺的大衛，以肩帶吊著STM—556，並且只用一隻左臂來持槍。

左手準備發射的不是子彈而是槍榴彈，所以握住的是彈匣。

「繼續牽制！我要衝過去了！」

「了解！」

至今為止的ＳＪ裡，兩次都被Pitohui幹掉的大衛迅速扭動油門。

可以看見通往勝利的道路了。

接下來以高速蛇行，或者是一邊躲避預測線一邊逼近在寬廣跑道上孤立無援的Pitohui。

他為了不被傑克射擊的流彈波及而避開正對面，保持著四十五度左右的斜角。

然後剩下４００公尺時就用小刀刺住油門握把，放開雙手保持騎馬射箭的狀態。然後從該處發射所有的槍榴彈，如果能命中當然最好。就算失手了，也可以趁對方感到畏懼時配合槍擊衝過去。

幸運的是剛才颳起的狂風倏然靜了下來。槍榴彈也因此變得更容易瞄準了。

「這次一定要幹掉妳！」

大衛露出虎牙笑了起來，就在下一個瞬間。

傑克就被炸死了。

說得更精準一點，就是他放置機槍的三輪機動車爆炸了。

被捲進ＧＧＯ常見的車輛破壞裡，傑克根本沒有時間說任何話，就被火焰與爆風掩蓋並且變成多邊形碎片。

看見橘色火焰形成的小點後……

「怎……怎麼會！」

開始加速的大衛放開了油門。

爆炸聲花了幾秒鐘移動才傳進他的耳裡。

「啥？敵人被轟飛嘍？發生什麼事了？」

不可次郎也同樣目擊遠方的爆炸……

「雖然不太清楚。不過情況變了。我們走吧！」

以M14．EBR的瞄準鏡確認情況的M，再次揹起槍械並且發動三輪機動車。

「Pito！敵人機槍沉默！另一側安全了！現在就到妳那邊去！撐下去啊！」

「啥啊？雖然不清楚是怎麼回事，不過我了解了。」

Pitohui只用右腳來跳動，躲到剛才都還有子彈飛過來的機動車左側去。

然後……

「是哪一路神明救了我啊？」

以詫異的表情這麼呢喃著。

「太厲害了！開槍的是M先生？還是不可？」

蓮停止逃亡，回過頭來看向遠方冒起的黑煙並且這麼詢問……

「都不是喔。應該說，也不是蓮做的嗎？」

不可次郎這麼回答她。

「我怎麼可能辦得到呢？」

「魔法的力量突然覺醒了之類的。」

「那不可能吧。」

接著蓮和不可次郎就異口同聲地說道：

「究竟是誰？」

傑克的後方——

他還活著時的後方。

從寬廣跑道不斷往前進後，聳立於該處的機場管制塔裡可以看見兩名玩家的身影。

這是為了讓航空管制員監視並且做出離著陸指示的超高大樓。

距離地面大約100公尺。這個指揮所就像是環繞著巨大玻璃的瞭望台，趴在髒汙地毯上架著步槍的是——

「呼……」

綠髮少女——夏莉。

她靜靜地退下R93戰術2型狙擊步槍的槍機來排出空彈殼。然後再次將其緩緩往前推來裝填下一發子彈。

眼前的玻璃因為槍擊而整個碎裂，再次開始吹起的強風捲入並且發出低吼。

前方是一大片跑道的開闊景象。

「Nice shot！1132公尺！這是了不起的紀錄！我可以證明喔！」

在左側稍遠處，同樣趴著的克拉倫斯這麼大叫。

她用的不是自己的雙筒望遠鏡，而是現場的道具——航空管制員所使用的大型雙筒望遠鏡。

「吵死了。用通訊道具就聽得見了，不需要大叫。」

「明明說這種距離絕對無法命中的！但是卻1發就命中目標，妳是天才嗎，夏莉！妳乾脆改名叫『Jesus』好了！」

夏莉緩緩站起來，接著看向露出輕率笑容的克拉倫斯。

「妳想說天才的話，應該是『genius』才對。」

「抱歉！但剛才那絕對是神技喲！」

面對把自己誇上天的克拉倫斯，夏莉稍微壓低說話的語調來回答：

「射中的是……那台車輛。和人類不同，目標相當大。也因為開花彈的效果而產生爆炸。風一瞬間靜止也幫了大忙。這是各種偶然造成的結果。只是運氣好罷了。」

「偶然和運氣也是一種實力！Bravo！啊，因為是女性，所以是『Brava』吧？但是呢——為什麼要救Pitohui呢？直接放著不管的話，我想她絕對會被幹掉喔。可以在安全的地點靜靜笑著看戲喔。為什麼要救她呢？」

克拉倫斯無聲笑著並且這麼問道，夏莉則是咧嘴笑著回答：

「別問這種早就知道的事情。我要成為那個傢伙的『死神』。」

「…………」

大衛在停止的機動車上呆了好幾秒。

傑克在視界左上角的ＨＰ完全消失，而且打了一個×。完全搞不懂傑克的三輪機動車為什麼會爆炸。

唯一只知道一件事。

就是已經失去確實幹掉Pitohui的機會……

「好吧！如此一來就跟妳同歸於盡吧！」

眉間出現皺紋的大衛，打算直接衝撞過去而在右手灌注力量……

「隊長！」

「啊！」

他的手頓時放鬆。

讓大衛恢復冷靜的是唯一存活下來的同伴，也就是健太所發出的聲音。

「隊長！別做無謂的犧牲！先撤退吧！這次的ＳＪ特別混亂！也不清楚聯合隊伍的動向！即使只有兩個人也還是有獲得優勝的機會！」

「說得也是……我知道了……抱歉。」

大衛突然露出笑容並且向同伴這麼宣告。

「我去接你！等我一下！」

Pitohui看著高速離開的三輪機動車，同時放下ＫＴＲ—０９並且呢喃：

「哦喲喲？得救了嗎？」

再次吹起的強風搖晃著她的馬尾。

SECT.11

第十一章　這場戰鬥就交給我

十三點二十七分。

「Pito小姐！」

蓮跑到Pitohui身邊之後……

「哦！Come on！」

Pitohui在坐著的情況下張開雙臂要求熱情的擁抱……

「哎呀！」

蓮在快要被抱住前改變了主意。

「嘖。」

鬧彆扭的Pitohui，腳部隨著多邊形光芒重生了。連身服、靴子、插在靴子外側的細長刀子也都跟原來一樣。

Pitohui跳了一下……

「好，要跑起來嘍！」

「嗯！」

兩個人並肩跑了起來，目標是M他們所在的西北方。

剛跑不久，蓮就開口詢問在意的事情。

「敵人的爆炸……那是怎麼回事？難道是拿機槍的傢伙自己射穿了車體？」

不論是在GGO還是現實世界，都經常會發生縮頭後又回來時，不小心射中眼前遮蔽物的事故。因為瞄準鏡是在槍械上方，有時自認為瞄準之後槍口卻還沒完全往上移。

蓮因為想不到其他可能性才這麼說，但Pitohui並不急著做出結論。

「或許吧，不過沒辦法知道正確答案。反正之後再看轉播畫面來確認答案吧。」

「說得也是。不論如何，能活下來真的太好了！實在太好了！」

「不過MMTM還剩下兩個人。千萬不能忘了喲。」

「了解！」

M駕駛的機動車來到跑步的兩個人身邊。先是警戒周圍而繞了一圈，然後跟她們並肩而行。

「嘿，小姐們！要不要上車？雖然想這麼說但沒有位子了！妳們直接用跑的吧！」

不可次郎這麼說。

M放鬆油門，最後完全停下機動車。M首先下車，接著不可次郎也輕輕跳了下來。

「Pito，妳來駕駛。我坐到後座。」

「咦？蓮是可以用自己的腳跑步啦，但是我呢？」

不可次郎提出異議……

「現在就生出位子來。」

M轉動機動車的鑰匙。

結果前輪之間的車體前端傳出「啵」一聲後有蓋子微微打開。M把它往前掀開後，就出現可以收納一個安全帽大小的前置物箱。

「哦！這個地方竟然有密室啊！買這間房子太划算了！」

在感動的不可次郎面前，M對著機動車的蓋子施力……

啪嘰！

從鉸鏈部分把它扯下來。然後隨手把扯下的蓋子丟到一邊。

看見出現的空間，不可次郎就丟出一句……

「大概可以塞進三個蓮吧？」

「怎麼可能！塞不進去啦！」

「這樣啊～說得也是喔～」

「兩個人的話……」

「等一下。」

＊　＊　＊

一台機動車與一名粉紅色小不點跑在寬廣的跑道上。

「哇哈！蓮，再快一點！」

「這是極限了！」

「不，妳還可以更快！妳的目標是金牌吧！難道妳忘記那天的誓言了嗎！」

「我不記得發生過這種事！」

機動車視法規如無物般坐了三個人。

從前面開始是——把屁股塞進前置物箱來坐著的不可次郎。很高興般握著龍頭把手的司機Pitohui。然後後部座位是背包整個突出在外的M。

至於機動車的速度，可以看到速度表上顯示著28。但它的單位是「英哩」，換算成公里的話時速大約是45公里。

即使如此還能與其並肩而行的蓮確實相當了不起。腿部踢向大地的動作已經快到能看見殘像了。

好不容易撐過與MMTM戰鬥的LPFM小隊，接下來的目標是機場西北方邊緣。

只剩下一台機動車的現在，在寬廣的地點戰鬥已經有點困難。所以M的作戰是乾脆盡快橫越機場，進入戰場地圖西北部的廢墟。廢墟是比較容易發生近距離到中距離戰鬥的區域。對現在的隊伍來說是最容易戰鬥的地點。

大量跑動、戰鬥的寬廣機場用地逐漸結束了。馬上就剩下不到1公里的距離了吧。蓮的視界裡稍微可以看見與高速公路交接處的鐵絲網。

噗嚕噗嚕噗嚕。

蓮左手上的手錶開始震動。由於設定在每次掃描之前的三十秒，所以是十三點二十九分三十秒的通知。

後部座位上，扭動脖子警戒著後方的M……

「馬上就要掃描了。Pito，背對西側停下機動車吧。蓮躲在機動車後面。不可立刻下車警戒周圍。」

「好喲。」

「了解！」

「知道了。」

Pitohui開始減緩機動車的速度。

之所以要背對西側，是因為就算停下來的瞬間被從那邊，也就是高速公路進行長距離狙擊，也有很高的機率能被M的背包擋下來的緣故。那麼要是被擊中頭部呢？那個時候也只能認命了。

但是在轉動龍頭之前，Pitohui就注意到某件事。

「嗯？M啊，左前方的洞穴怎麼樣？」

M看向該處，發現前方５００公尺左右的左側跑道上有一個很大的洞穴。

直徑30公尺左右的黑色洞穴張開了大大的嘴巴。周圍有許多飛濺出來的碎片，對無生命的跑道加上無秩序的裝飾。

「好吧。」

「那麼就……」

Pitohui加快機動車的速度往該處前進。

「等等～！」

蓮急忙從後面追上去。

當蓮追上來的時候，Pitohui他們三個人已經下了機動車，躲到那個洞穴裡面去了。

大家都在的話應該就沒有陷阱，於是蓮也從腳滑了下去。然後就知道這是個相當深的洞穴。她就這樣一路掉到底部。

「嗚咕。」

洞穴呈平緩的擂缽狀，最中心的部分達3公尺以上。厚厚的柏油底下是黑色堅硬的土壤。

可以說是最適合眾人躲藏的優秀塹壕。

蓮一邊站起身子一邊問道：

「這是什麼洞穴？」

「不知道。這裡是美國。可能是保羅．班揚在這裡拔草吧？」

「不可小妞，妳倒是知道很多奇怪的知識嘛。」

Pitohui感到相當佩服。順帶一提，「保羅．班揚」是北美大陸神話當中的大巨人。也就是美國版的「大太法師」。

結果沒有人知道答案，不過這是大約一個小時前ＳＨＩＮＣ在客梯車上設置詭雷所造成的洞穴。

時間來到十三點三十分。

第三次的彈藥完全回復之後，開始了第九次的掃瞄。

掃描是從正南方開始。

「老大她們……還在聯合隊伍裡嗎……」

不理會蓮沉悶的心情，掃描以相當快的速度往北方移動。

首先發現的是ＺＥＭＡＬ。他們在隕石坑區設下了陣地。看起來就像住在那裡一樣。

然後是湖面上的聯合隊伍。光點共有——六個。

「咦？」

蓮迅速地觸碰那些光點，但是沒有出現ＳＨＩＮＣ的名字。

剩下兩個人的ＭＭＴＭ位在機場的東南方。可以確定他們沒有騎機動車追擊過來，蓮也因此鬆了一口氣。

最後掃描往上來到我方所在的位置。

ＬＰＦＭ顯示出來的位置是機場的西北部。

然後——

「嗚！」

在距離我方正西方１公里左右的地方，越過高速公路再往前一點的廢墟當中有一個光點。

「…………」

蓮以發抖的手指觸碰之後……

「咦咦！」

ＳＨＩＮＣ。

蓮重新看了三次左右出現的五個英文字母。雖然重複看了幾遍，但不會錯了。老大她們真的在很近很近的地方。

「是大家～！」

蓮放聲大叫。喜悅的表情簡直就像發現了伙伴一樣。

掃描繼續前進，來到廢墟的鐵路旁邊，距離大概5公里處可以看到T—S存活的光點，但蓮現在根本顧不了他們，就決定讓他們自生自滅了。

「嗚喔！SHINC在很近的地方不是嗎為什麼？」

沒有人可以回答不可次郎的問題。

下一個瞬間，西方的天空就隨著輕微的破裂聲出現了光點。

所有人的視線前方——完全被雲層覆蓋，變成深灰又帶紅色的天空底下，黃色的照明彈開始在相當高的位置發出光芒。接著降落傘彈開，照明彈在強風吹拂下一邊左右搖晃一邊降落。

「哎呀哎呀哎呀，那就是娘子軍團的位置吧。」

Pitohui咧嘴笑著這麼說道。然後為了讓HP完全回復而再打了一劑急救治療套件。

「是在表示『我們在此，放馬過來』的意思嗎？」

M這麼說完……

「沒錯！一定是這樣！」

蓮的拳頭以超高速震動，同時吼叫了起來。

「等等，還不知道喔。老大可能整個人被五花大綁，在無法自殺與投降的情況下變成俘虜，除了聯合隊伍的隊長外其他成員都聚集在那裡，等我們靠近就會瞬間被三十個人幹掉喲。」

不可次郎很開心般這麼說著。

不知道是言不由衷，還是期待並且享受那種狀況才這麼說，雖然模樣很不容易判斷，不過應該是兩者兼具吧。

「嗚！」

蓮放下震動的拳頭並且露出沮喪的模樣。這種情形的可能性並非是零，感覺的確有可能發生，而且越想就覺得可能性越高。

「那就弄清楚吧。拿出『偵察機』。」

M這麼說完就用左手操縱倉庫欄。

出現在眼前的是A4大小然後厚5公分左右的白色塊狀物。M把它丟向空中後就「喀鏘」一聲從四角伸出四隻手臂，然後每隻手臂前端的螺旋槳都開始旋轉起來。

那是從十六日的遊戲測試開始導入，想買就得花現實世界的金錢整整十一萬的無人機。是可以從空中進行偵察的超便利商品。

但是除了價格昂貴之外，操縱也是手動，另外還有電池驅動的時間相當短等缺點。

算是很難判斷使用時機的道具。沒辦法讓它一直浮在上空。應該說，如果能辦到的話GG

O的遊戲平衡度會整個崩盤，所以性能不可能再往上提升了。

讓無人機飄浮在眼前的M，隨即戴上接著實體化的護目鏡。這宛如大型蛙鏡般的物體是首次登場。

「哦，是VR眼鏡吧！在完全潛行的世界戴上VR護目鏡，M先生的眼光果然高明！」

不可次郎丟出不知道是在稱讚還是詆毀的台詞。不過大概是兩者兼具吧。藉由這副眼鏡，在空中飛的無人機所看見的風景，就會像自己在飛一樣映照在M的眼前。

Pitohui拿著遊戲測試時也使用過的單薄平板電腦，然後讓蓮她們也能夠看見畫面上的影像。

M的雙手各自拿著小小的把手。以左手拇指操作搖桿後，無人機就發出其語源的嗡嗡聲並且朝著天空飛去。

無人機進入水平飛行之後開始越過高速公路並且朝著廢墟前進。從上空的影像可以清楚地看出都市毀滅之後的模樣。

「找到了。」

M這麼說完就操縱搖桿降低高度。

太低的話可能會遭對空射擊擊落，所以降到一定程度後就停止，改為操縱另一邊的搖桿將鏡頭拉近。

接著畫面捕捉到的是——

一整片棋盤狀的道路，其間有或站或躺的大樓所形成的廢墟。大馬路上，有六名女性為了引人注目而刻意站在由一輛側翻卡車的貨架所形成的「頒獎臺」上。

她們當然就是由老大所率領的ＳＨＩＮＣ成員。周圍暫時看不見其他玩家的身影。

拿著雙筒望遠鏡的安娜似乎注意到無人機了，此時正用手指指著攝影機。

下一個瞬間，六個人就迅速動了起來。

站在左右兩邊的蘇菲與羅莎這兩名粗壯成員做出前後劈腿動作，同時雙臂優雅地張開在頭上圍成一個圈。

在後方左右兩側的安娜與冬馬各自舉起外側的腳，展現優美的Ｙ字開腳動作。往上舉的德拉古諾夫狙擊槍就像指揮杖一樣。

而中央最後方像綁辮子大猩猩般的老大則把腳往後高高舉起，然後抬起另一側的手臂，做出芭蕾舞者的阿拉貝斯克姿態，在沒有絲毫發抖的情況下靜止不動。

她面前不遠處，最後一名成員塔妮亞從卡車旁邊跑出來並且在五人前面跳起。前空翻接著後空翻轉體，然後再往前翻滾後漂亮地張開雙臂著地。

面對粗壯的女性們一瞬間完成的優美、靈巧的姿勢……

「喔喔，好厲害！」

「哎呀，果然名不虛傳。」

「唔嗯，有一套。」

LPFM小隊的三個人忍不住發出讚賞的聲音，最後一個人則是……

「啊哈哈哈哈哈哈哈哈哈哈哈哈哈！」

發出尖銳的笑聲。

「哎呀，蓮？妳是吃了笑菇嗎？」

「哇哈哈哈哈哈哈！不是啦！我是開心！真的很開心喔！」

眼角浮現淚水的蓮，從洞穴裡對著空中大叫：

「要上了！現在就到那邊去光明正大地打一場！等著吧～！」

她以最大的音量這麼大叫。

「哎呀，她們聽不見啦。」

由於不可次郎冷靜地這麼說，M就表示：

「那我們也打聲招呼吧。」

接著操縱起左手的搖桿。

無人機不斷靠近擺出耍帥姿勢的SHINC，最後終於來到距離她們眼前10公尺的高度。

畫面上可以清楚看見擺出耍帥姿勢看著這邊的她們臉上的笑容。

「看招。」

M大動作且快速傾倒左手的搖桿，畫面跟著往側面轉了一圈。無人機也在空中一個迴轉。

M的手指離開搖桿後，無人機就再次停止不動。

解開姿勢的SHINC眾成員，尤其是老大擠出魄力十足的笑容，然後右手在沒有持槍的狀態下舉了起來。

食指對準無人機的鏡頭。

磅。

手指因為後座力往上彈。

「嗚喔～被打中了～！」

無人機隨著不可次郎的聲音往後退並且上升。

SHINC的眾人也跳下卡車，躲進廢墟之中。

Pitohui開口說：

「這是表示戰鬥開始吧。其實那些女孩只要在能看見高速公路的位置等待，就能用反坦克步槍狙擊我們了。真是有道義耶。」

M將電力減少的無人機移回來並且表示：

「確實如此。這樣對她們有利多了。這麼做的話，我們連要靠近都很困難了。」

「真有武士精神。蓮啊，這樣妳就沒有遺憾了吧？」

「沒有了！」

蓮對不可次郎露出笑容……

「我過去廝殺一番就回來！」

然後說出要去超商一般的輕鬆回答。

「喂喂，別自己去吧。我們可是一支小隊喲。」

不可次郎聳了聳肩，這時候M則自言自語般丟出一句：

「等等，這是不錯的方法。」

一個男人用雙筒望遠鏡看著無人機回到洞穴，接著粉紅色小不點率先從洞穴裡出來，然後其他三個人跟在後面的景象。

那是蒙面戴著太陽眼鏡，身穿刺眼迷彩服的男人。

他在高速公路上一台報廢的黃色學校巴士裡面。

趴在車體後部確實隱藏起身影，然後利用窗戶與破掉的後車門確保了觀察與射擊用空間。

此外偽裝也很完美，完全是行家的手法。

「ＬＰＦＭ開始行動。總共四人。越過高速公路，最後將與ＳＨＩＮＣ接觸。」

對通訊道具小聲這麼說完，耳朵就聽見回答。

「好。等他們橫越高速公路後，我們也到那邊去。」

「了解。但是越過道路的瞬間應該可以射擊他們所有人，怎麼辦呢？」

男人放下雙筒望遠鏡，用手拿起旁邊以兩腳架撐住的槍械。

男人這把塗了同樣迷彩的槍械，是黑克勒＆科赫公司公司製的自動式狙擊槍「Ｍ１１０Ａ１」。口徑是7.62毫米。也就是所謂的7.62×51毫米ＮＡＴＯ彈。

這把槍擁有略為複雜的經歷。

一開始是以「ＨＫ４１７」這把突擊步槍為藍本所製作出來的，名為「Ｇ２６」的德軍狙擊槍。

Ｍ１１０Ａ1是把Ｇ２6再稍做改良後，由美國陸軍採用並且命名的槍械。

美國陸軍之前有一把名為「Ｍ１１０」的槍械，這是外表與它極為相似，但製造公司完全不同的槍械。名字有沒有加上「Ａ１」會造成很大的差異，說起來真的很麻煩。

這把Ｍ１１０Ａ1在ＧＧＯ內是最高等級的全新高性能且高價的自動狙擊槍之一。

正如蒙面男所說，如果蓮他們在眼前４００公尺左右的位置開始越過高速公路，就可以毫不容情地以連續射擊來打倒他們吧。

接著就從通訊道具傳來回答。

「算了，不用出手。還是讓ＳＨＩＮＣ來當那些傢伙的對手，基本上已經約好了。只是基本上喔。接下來還是用偵察機進行監視，如果ＳＨＩＮＣ輸了就不用客氣直接上。當然如果贏了，一樣不用客氣直接幹掉。」

「了解。如果我們被某一邊發覺並且遭到攻擊怎麼辦？」

聽見蒙面男的疑問，待在遠方的男人以極為公事，不覺得高興也不覺得無趣的聲音回答。

「那個時候就跟約定無關了，讓兩支隊伍手牽手一起退場吧。」

「了解。」

蓮逐漸越過高速公路。

發揮自己最快的速度，踩著左右交錯的側步。

目標是眼前那一片廢墟，ＳＨＩＮＣ眾成員等待著的戰場。

剛才Ｍ這麼說了。

「首先由蓮自己一個人闖進去尋找ＳＨＩＮＣ，找到後就盡情大鬧一番。只不過別忘了。

要徹底實行『一擊脫離』戰術。別硬是想幹掉對方。然後絕對不能停下來。要經常保持移動，擾亂整個戰場。」

「唔嗯唔嗯。」

「我們會倚靠對方的槍聲靠過去。大馬路的話，不可使用槍榴彈發射器的支援砲擊很有效。Pitohui就輔助不可，我則是在更後面的地方尋找狙擊點。」

蓮這才注意到某件事。

「我知道了！也就是跟SJ1時做一樣的事就可以了！」

「沒錯。因為SHINC是六個人組成小隊一起行動，蓮闖進去後，高速單獨行動才能發揮效用。」

「了解了！」

蓮雖然元氣十足地這麼回答，但是不可次郎卻從旁邊問道：

「但是M先生啊，如果對方預測到這一點並且加以對應呢？」

M則是這麼回答：

「隨機應變吧。只能合掌幫忙祈禱。只不過，也有這種作戰——」

只要能跟大家對戰，就算也死於非命無所謂。

蓮在內心唱著歌，越過高速公路後就往廢墟內衝去。

內心只有一個想法。

這場戰鬥是屬於我的！

「蓮衝過來了。各位，周圍的警戒不要鬆懈了。」

手拿雙筒望遠鏡的老大提醒自己的同伴。她的臉上露出看起來很開心也很凶惡的笑容。

廢墟之中，ＳＨＩＮＣ組成了防禦圓陣。

在寬度約30公尺的兩條大馬路交接的十字路口中央。

十字路口的四個角落殘留著高樓大廈，沒有爬上去的話，就無法從遠方狙擊這個路口，也無法用槍榴彈發射器進行砲擊。

往東南西北延伸的兩條大馬路上，羅莎在東側堆積起來的瓦礫山上設置了ＰＫＭ機槍並且進行監視，她的搭檔安娜則是拿著德拉古諾夫狙擊槍待在另一邊。

冬馬在南側將ＰＴＲＤ１９４１反坦克步槍架在地面上，同時趴著擺出臥射姿勢。身體旁邊還放著德拉古諾夫狙擊槍，而且子彈已經上膛。

蘇菲待在冬馬身邊待機，有需要時立刻可以扛著反坦克步槍移動。

這兩個人的周圍沒有瓦礫，所以身上蓋著好幾條灰色斗篷進行偽裝。ＰＴＲＤ１９４１的長長槍身上雖然也覆蓋住了，但只要一開火，爆風就會把它們全部吹跑吧。

塔妮亞縮在西北角落，交互檢查著出現敵人的可能性較低的北側與西側。她的附近放置著從這個廢墟發現的「祕密武器」。

老大在十字路口中央輪胎爆炸的廂型車裡面監視著四周圍。

看過至今為止的ＳＪ戰鬥轉播後，老大就有了確信。

這場戰鬥，蓮絕對會自己一個人衝過來。

在廢墟內對我方發動打帶跑——也就是一擊脫離戰術，當我們追著她到處跑的時候，鎗榴彈或者狙擊就會過來了。

然後蓮會很高興地接下危險的誘餌任務。

所以老大決定了。

絕對不分散我方的戰力，也不會隨便到處亂跑。

為了做到這兩點，就算稍微看到蓮，或者是對方挑釁也不要立即有所反應。

所以——

「是蓮！」

即使冬馬以瞄準鏡捕捉到南向道路前方的粉紅小不點……

「別開槍啊。」

也沒有立即開火。

老大下達等她不見再說的命令。

「好，從後面跟上去。」

蓮以高速持續奔跑著。

闖入廢墟後已經過了三分鐘以上，蓮就在大馬路上左右奔跑著。因為一直是全力疾馳，所以已經跑了很長一段距離。也已經跑過在無人機見到的卡車旁邊。

這段期間，由於奔跑時神經還緊繃著注意有沒有人從大樓窗戶開槍、有沒有人躲在車後面，以及道路中央是否有詭雷的鋼絲，所以累積了相當多精神上的疲勞。

為了保留發生槍戰時的氣力，很想稍微停下腳步來休息片刻，但現在的蓮沒辦法這麼做。

停下來就是絕佳的靶子。只有持續奔跑才具備防禦力。

蓮持續跑了下去。

不斷奔跑就是蓮的作戰。

塔妮亞持續追蹤著蓮。

冬馬發現她的身影後，塔妮亞就為了跟在她身後而追上去，眼睛捕捉到蓮在大馬路另一邊，距離３００公尺左右的十字路口轉彎。

由於蓮往左轉了，塔妮亞也急忙往該處跑去。從大樓轉角偷窺她的背部，目送蓮再次轉彎後再繼續追上去。

多虧了塔妮亞使用的「祕密武器」，才能追上腳程比她快的蓮。

能夠實現高速移動這個目的的物體，當然只有交通工具了。

但是發出引擎聲將引起對方的注意。引擎聲在大樓的廢墟中特別明顯，一瞬間就會被察覺了吧。

塔妮亞發現的祕密武器不會發出聲音。也不需要燃料。當然也不使用電池。

只不過……

「嗚呀啊啊啊啊！」

必須拚命用腳踩。

塔妮亞入手的交通工具是腳踏車。在廢墟裡發現雖然生鏽但還能使用的登山車，於是就拿了一台過來。

在現實世界運動神經也很不錯的楠莉莎，操縱敏捷性高的塔妮亞來全力踩踏板的話，當然會比蓮的腳還要快。即使看見蓮轉過角落也還來得及。

塔妮亞即使在轉角前方確實看見蓮的背部，她也絕對不會開槍。

其中一個理由是，這樣的距離對於背上野牛衝鋒槍所使用的9毫米魯格彈來說還是有點太遠，而且她的目的是盡量跟在蓮後面到處跑。

尋找蓮要到哪裡去，計算她何時會出現在伙伴們等待的地點前面，這就是塔妮亞的任務。雖然存在SJ1裡率先被蓮擊殺的悔恨感，但為了小隊，她可以捨棄私情。

塔妮亞自身也是如此，提升敏捷性的角色以高速在戰場到處奔馳時，無論如何都會出現疏於警戒的方向。

也就是後方。正因為很快，總是會變得不注意後面。由於前方與左右的情報量相當多，為了不錯漏任何情報，就沒有多餘的心思去注意後面了。

預測蓮不會回頭看跑過的道路，也不會轉過身來往回跑，所以老大就命令塔妮亞從後面跟蹤。

她的預測果然相當精準。已經過了一分鐘以上，蓮還是沒注意到塔妮亞跟在身後。騎腳踏車追逐高速跑者的構圖就一直持續下去。兩人左彎右繞，像是在尋找迷宮的出路一樣。

然後塔妮亞等待、期盼已久的機會終於來臨了。

蓮轉過左邊轉角後，可以看到前方有大廈橫躺在某個十字路口，造成只能右轉的情形。然後SHINC的同伴剛剛為了應付怪物而稍微移動到更前方的十字路口。

這是事先選擇好的幾個「陷阱地點」之一，地面上有數個可以藏身之處。包圍角落的大樓是只有幾層樓的低矮建築物。

雖然是像迷宮般的廢墟，但塔妮亞對於腦內地圖相當有自信。蒙面男駕駛的悍馬車將自己送到這裡後到掃描之間的幾分鐘裡，為了將地圖牢記在腦袋當中，已經騎著腳踏車到處逛過了。

像送行之狼一般的塔妮亞倏然停下跟蹤腳步，也就是不再踩踏板。然後以通訊道具向伙伴這麼宣告。

「兔子從北部入網了。重複一遍，兔子從北部入網了。」

接著就聽見老大的回答。

「了解。羅莎、安娜和冬馬在北方豎起爪子，後面和上方由我監視。」

現在那三個人應該慢慢把槍口朝向北方，為了不輕易被發現而趴下或者罩上斗篷來進行偽裝了。

拜託一定要來得及。塔妮亞這麼祈禱，然後……

「轉換配置完成，張開網子了。上空看不見無人機。」

聽見老大傳來令人高興的報告。由於要是被從上空監視的話計畫就會輕易遭到識破，所以特別警戒著M的無人機，不過它似乎沒有出動。

「太棒了！那出口就交給在下了！」

塔妮亞這時走下腳踏車，拿起揹著的野牛衝鋒槍。迅速操縱倉庫欄，把容易阻礙射擊的肩帶收納起來。

槍托抵住肩口，擺出隨時可以射擊的姿勢，然後換成用自己的腳來奔跑。

如果蓮逃到這條路上，就可以給她致命的攻擊。

「ＳＨＩＮＣ和小蓮的戰鬥，你們賭哪一邊會贏？」

「我賭ＳＨＩＮＣ。」

「我也是。」

「當然是娘子軍團。」

「在這種情況下，小蓮已經沒有勝機了。」

酒場內的賠率ＳＨＩＮＣ是一面倒的低，也就是她們比較有利。壓寶在蓮身上並且獲勝就能一獲千金。

畫面當中的蓮依然奔跑著。

應該是市街地戰鬥用的吧，只見Ｐ９０上面著裝了抑制槍聲的消音器。蓮用兩手把它拿在身體前方，像箭一樣全力奔馳當中。

現在跑的大路最後會因為傾倒的大樓而無法往左與往前走。在沒辦法的情況下只能往右，以方位來說就是朝南方轉彎，前進大約200公尺左右的下一個路口，SHINC就埋伏在該處。

道路是筆直地往前延伸。左右兩側是一整排破爛不堪，似乎馬上就要倒塌的五層樓左右的建築物，但因為沒有門和窗戶，所以沒有辦法逃進去。

蓮來到路上就會形成與SHINC面對面的狀況，機關槍、狙擊槍與反坦克步槍的子彈應該會同時朝她襲去吧。就算蓮的腳程再怎麼快，也不可能逃走才對。

「LPFM如果是四個人一起來也就算了，蓮獨自一人的話實在太魯莽了。」

「是啊。為什麼會採用這種自暴自棄的作戰呢？」

「覺得如果是SHINC，就算落敗也無所謂之類的？」

「看起來不像是會做這種事的人啊……」

「太魯莽了。M也不行了嗎？」

不理會酒場眾人自以為是的預測，蓮持續奔跑著。

「加油啊，粉紅色小不點！」

「別輸了啊！」

只有一個集團熱烈地幫蓮加油。雖然酒場裡沒有人注意到，不過他們是DOOM的諸位成員。

畫面當中的蓮持續奔跑著。

再150公尺就要到轉角了。

從那裡衝出去的話，等著她的就是SHINC的子彈雨。然後還沒有地方可以逃。

剩下70公尺。

酒場自然安靜了下來。

為了觀看擁有SJ1優勝、SJ2準優勝、SJ3優勝等功績的粉紅色小不點被打成蜂窩而死的模樣。

剩下30公尺。

「再見了，小蓮。」

10公尺——

現在衝出來了。

畫面當中同時發生三件事情。

首先是蓮衝到路上。

SHINC確實地確認這一點並且開始開火。

然後……

其中間地點的道路中央，電漿手榴彈爆炸了。

藍白色爆炸產生球體，刨開地面而且震動空氣，把所有飛到該處的子彈彈到空中去。

羅莎的PKM、安娜的德拉古諾夫狙擊槍，以及冬馬的PTRD1941的子彈全都一樣。

在爆炸後方受到保護的蓮對伙伴們傳達狀況。

「不可！謝謝妳！——SHINC在十字路口的正中央！」

「不用謝！——我要上嘍！」

「所有人快逃！槍榴彈要飛過來了！」

老大放聲大叫。SHINC的成員各自將速度提升到極限後就朝後方退去，然後往大樓廢墟的入口跑過去。

像是商店街的大樓一樓相當寬敞，玻璃也完全碎裂，所以不論從哪個地方都可以衝進建築物裡。

五人才剛剛消失，就從東南方出現一條呈拋物線的彈道預測線瞄準十字路口正中央，接著連續2發電漿手榴彈沿著預測線命中該處。像是要打掃十字路口中央一樣，把原本在該處的所有物體粉碎並且轟飛。

帶著土塵的爆風從大樓入口襲入，晃動著SHINC成員們的身體與頭部。

這時老大……

「咕嗚！為什麼？」

認真地說出內心的疑惑。

「明明沒看到無人機，為什麼會被識破？」

「咦？奇怪了？那是攻擊？」

「槍榴彈女孩的攻擊……SHINC的位置為什麼會曝光？」

酒場內期待蓮死亡的男人們下巴全都驚訝地掉了下來，不過沒有人注意到真正的理由。

沒想到真的可以成功！

內心雀躍不已的蓮朝著因為著彈而揚起的土塵內衝去。

不可次郎的槍榴彈應該不會再發動攻擊，所以蓮就毫不留情地展開突擊。

要做的只有一件事。就是以土塵作為掩護，以P90盡情朝應該在那個十字路口周圍的S

ＳＨＩＮＣ開槍，不是妳死就是我活。

不過也有這樣的作戰——

在目送蓮離開前，Ｍ突然想到並且宣告的是可以說相當異想天開的作戰。

Ｍ攤開眼前廢墟的放大地圖。這時候蓮剛好正要越過高速公路往前猛衝。

接著Ｍ就指著廢墟的一點並且說道。從這邊進入，然後盡可能以誇張的最高速四處跑動，以通訊道具實況傳達自己的軌跡。

比如說……

「在最初的轉角右轉了。」

「接下來往左。」

「在第二個十字路口往左邊跑了。」

就像是這個樣子。

這時蓮感到納悶。她表示「是可以辦到。但為什麼？」

Ｍ則回答：

「我就靠妳的情報來推理ＳＨＩＮＣ的埋伏位置。考慮到移動要素的話，ＳＨＩＮＣ應該不會待在建築物裡面，而是會埋伏在十字路口。然後在能夠確實幹掉妳之前應該都不會開槍。

如此一來，就可以用『通過這裡了還是沒被射擊的話，敵人在此地的可能性就很高』的消去法來推理。找到伏擊位置的話，就能在妳衝到那裡之前讓不可發射電漿手榴彈來變成子彈的防壁。」

蓮決定參加這個作戰。

如果不相信不可次郎「能把槍榴彈轟進瞄準地點的技術」，就會認為這個作戰不可能成功吧。

然後——

如果不相信M「邊預測對方的未來位置邊自然四處行動的跟蹤術」，也會認為這個作戰不可能成功吧。

上吧上吧上吧！

當蓮一邊在土塵中前進一邊激勵自己的瞬間……

嗶唏！

「好痛！」

左肩邊緣就被從後面射穿了。不耐射的蓮，HP頓時少了一成左右。

蓮一瞬間猶豫是該衝進去還是趴下，但是腳被底下的石頭絆到後就被強制選擇趴下這個選項。

「噗嘿！」

最初的爆炸揚起的土塵逐漸散去當中，像探照燈般在尋找自己的幾條鮮紅彈道預測線就從頭上掃過。接著就有子彈沿著預測線邊發出「咻咻咻咻」的聲音邊飛過來。不過沒有聽見開槍的聲音。

是塔妮亞！她在背後嗎！自己被跟蹤了！

蓮的背肌因為發冷而開始抖動。因為知道得意忘形而展開突擊的自己剛在鬼門關前走了一遭。

塔妮亞在看不見的地點以全自動模式盡情開火，剛才的命中應該只是偶然吧。剛好被打中肩膀只是運氣很好罷了。

放任塔妮亞在背後所展開的突擊是絕對不可能出現的選項。蓮由衷地感謝絆倒自己的那顆石頭。

「塔妮亞在我後面！我回去先打倒她！老大她們就拜託大家了！」

「知道了！Good luck！」

蓮聽著不可次郎的聲音，並且把P90朝向剛才彈道預測線出現的地點瘋狂開火。

「蓮到這邊來了！」

塔妮亞躲藏的建築物轉角正不斷被子彈刨開。由於幾乎聽不見混雜在著彈音裡的開槍聲，所以絕對是蓮的P90所發射的子彈。

「好，就交給妳了！」

聽見來自老大的聲音，塔妮亞迅速連續往後墊步來後退。不希望被人從後面射擊的蓮，應該會率先來解決自己才對。為了盡可能讓這樣的蓮遠離同伴，這個時候應該要盡量退後。

吹過大樓之間的旋風把土塵全部吹走了。

塔妮亞與蓮同時更換彈匣。

裝有53發9毫米魯格彈的圓筒形螺旋供彈彈匣，以及裝有50發5.7毫米彈的棒狀彈匣各自被裝進野牛衝鋒槍與P90裡面。

土塵散去之後，蓮清楚看見建築物的轉角。塔妮亞應該就在從自己來看是往左轉的大樓轉角後方才對。

蓮好不容易才壓抑下衝出去胡亂開火的心情。

在轉角3公尺前倏然停下腳步後，就在瞄準轉角前方的情況下……

「嗨，還好嗎？終於能跟妳們戰鬥真是太讓人高興了！」

直率地對著待在轉角後方的人叫出心情。

「在下也是啊！我代表同伴向妳獻上最大的謝意！」

從轉角後方回傳出塔妮亞的聲音。

蓮雖然看不見，但是能夠知道。轉角後方的塔妮亞也用跟自己一樣的姿勢舉著槍。

蓮沒有衝出去。對方還只是ＳＨＩＮＣ的第一名成員，不希望在這裡就跟她同歸於盡。

所以蓮就小聲向值得信賴的同伴們請求支援。

「首發手榴彈往北80公尺，然後往西20公尺吧。客人點的是1發電漿。好的，了解了。」

聽見蓮的聲音，不可次郎就稍微動了一下ＭＧＬ—１４０。

距離３００公尺之外，某棟十層樓高的住商混合大樓。其屋頂上，不可次郎正把雙腳往前伸，然後把ＭＧＬ—１４０夾在中間。這就是她必殺且無人可以模仿的砲擊模式。

雖然無法直接目視剛才直接擊中的地點，但因為揚起了土塵，所以完全能夠掌握位置。再來就只要按照指示來移動瞄準就可以了。

啵！

1發藍色彈頭的砲彈就隨著很可愛的聲音飛了出去。

「現在發射出去了～！」

「現在——」

不可次郎的聲音傳進蓮的耳朵裡。

「著彈！」

在分毫不差的時機下，電漿手榴彈擊中瞄準的地點，引起了真正將半徑10公尺以內的物體全部粉碎的爆炸。

那是蓮與塔妮亞對峙的大樓屋頂。

原本就破爛不堪的大樓，現在完全變成了廢屋。

五層樓高的屋頂開了一個大洞，更因為衝擊而無法維持外觀，整棟樓不斷地往內側崩壞。開始傳出「滋轟轟轟轟轟轟轟」這種晃動大地的巨響。

「Nice shot！謝啦！」

蓮為了不被捲進爆炸，一邊高速往後墊步一邊對技術高超的伙伴表達感謝之意。這次的著彈只要出現20公尺的誤差，自己就會被轟飛了吧。

「非常感謝您利用『不可次郎槍榴彈服務』！隨時歡迎您再度光臨！」

「嗚呀啊！」

塔妮亞雖然因為爆炸而嚇了一跳，但是降落的細小碎片以及開始崩壞的大樓更讓她大吃一驚。

如果完全發揮敏捷度來往後退的話，應該已經被掉落下來的那些足有一個人大小的瓦礫給壓扁了吧。

大樓一邊發出豪邁的聲音一邊崩塌。世界籠罩在比剛才更深的灰色當中。

暫時退避到道路後方，以距離來說大概是30公尺左右來躲過崩壞的塔妮亞，再次有灰色土塵湧至她的周圍。

幸好ＧＧＯ是虛擬世界。如果是在現實世界，絕對會因為呼吸困難而感到很痛苦吧。

但不論是在現實還是虛擬世界，這樣的情況下視界都會被奪走，塔妮亞這時看不見任何東西——

但是蓮應該也處於同樣的狀況！

塔妮亞決定不隨便移動，只迅速沉下腰部。

由於彈道預測線即使在這種情況下還是像雷射光一樣能清楚地看見，所以她便一邊注意預測線，一邊注意不讓手指觸碰到扳機而叫出預測線，然後手拿著野牛衝鋒槍靜靜地等待著。

經過二十秒左右「喀啦喀啦轟隆轟隆」的喧鬧聲之後，大樓崩塌的聲音急速變小。

應該沒有崩壞的部分了吧。於是最後又傳來幾次瓦礫落下的聲音，一切就停了下來。

然後再次可以聽見風聲。或許是最靠近的大樓崩塌後通風變好了吧，土塵散開的速度比剛才還要快。

土塵消散後就和蓮一決勝負。

塔妮亞下定決心要突擊來展開近身戰。

兩人之間的大樓已經消失。蓮應該沒辦法再使用請求槍榴彈支援的手段了才對。因為這樣會連她自己都被轟飛。

做出這樣的決心後，塔妮亞的腦袋裡又浮現出一個疑問。

蓮要是逃走的話，該怎麼辦？

要是蓮趁著這次的崩壞與土塵而腳底抹油迅速逃走的話，該怎麼辦呢？

視界放晴後沒有任何人在的話，獨自一個人燃燒著鬥志的自己不就像個傻瓜一樣嗎？

然後也覺得，如果是至今為止用過各種奇特戰法的蓮確實有可能這麼做。

土塵逐漸散去，可以看見倒向對面的大樓側面。再過五秒鐘左右，周圍的視界應該就會恢復了吧。

這個瞬間……

啪————————————！

響起尖銳的高速連射聲，塔妮亞瞬間趴了下來。

那是ＳＪ１時在極近處聽過的Ｐ９０的開槍聲。絕對不會錯。

啊哈哈！

知道蓮還沒有逃走，塔妮亞就咧嘴露出了奸笑。

這時她同時也得知蓮對著自己不在的方位瘋狂開火。不知道是哪裡搞錯了，蓮竟然朝著完全相反的方向拚命開槍。

塔妮亞在尚未完全消散的土塵當中跑了起來。目標是現在發出猛烈槍聲的Ｐ９０，不用看見也能知道鬼在傳出聲音的那個地方。

「啊……」

全自動模式的話，三．四秒就能把所有子彈射光的Ｐ９０沉默了下來。

但已經知道蓮的位置了。是在自己正前方20公尺左右的地方。

塔妮亞架起野牛衝鋒槍，當手指碰到扳機的瞬間，最後的強風將土塵完全吹散……

就發現以兩塊大瓦礫夾住來完成設置的Ｐ９０。

把蓮的帽子夾在中間，上面更放了瓦礫加以固定，扳機上則是綁著繩子。

糟糕糟糕，這下子糟了。

塔妮亞在心中這麼呢喃的瞬間——

就聽到自己後面傳來小刀撕裂空氣往自己襲來的聲音。

得手了！

蓮晃動短髮高速衝刺後，右手的小刀從塔妮亞身後對準她的脖子橫向切過。

這原本是絕對能幹掉塔妮亞的一擊。

但是……

「呀噗！」

傷害特效光在發出可愛聲音的塔妮亞側頭部閃爍著。

楠莉莎的運動神經、聽見破風聲的敏銳感覺，以及塔妮亞鍛練過的敏捷度救了她的性命。

結果只是頭部稍微被割傷的傷害，ＨＰ減少了一成左右。

沒能幹掉她嗎！這下子傷腦筋了！

蓮沒有想過下一步該怎麼做。

設置好取下消音器的Ｐ９０，拉動繩子來拚命開火。塔妮亞被槍聲吸引過來後就用小刀偷偷從後面幹掉她——

計畫明明很順利，但是最後的最後卻被躲開了。

為了消除腳步聲，甚至連愛用的可愛粉紅靴子都脫下來了。順帶一提，她連襪子都是粉紅色。

但是塔妮亞雖然很有一套，蓮也不會輸給她。

蓮直接蹲下來用身體衝撞塔妮亞。要是塔妮亞能開槍，只有小刀的蓮絕對無法獲勝。

用嬌小的身體衝撞後，就把因為頭部的疼痛而動作稍微變遲鈍的塔妮亞推倒了。當她仰躺下來後，就直接跨坐到她的肚子上。

以反手拿著的小刀對準她灰色的眼睛。目的是把刀刃用力刺進該處。

「殺啊！」

毫不猶豫也毫不留情……

咻！

蓮把左手靠在右手上並且將刀子往下刺……

喀哩！

結果被槍阻止了。

塔妮亞立刻用野牛衝鋒槍擋了下來。塔妮亞以雙手橫拿槍械，把它當成數十公分的金屬棒來抵擋蓮的小刀。

咻喀哩！咻喀哩！咻嗯喀哩！

想著至少要刺中其他地方的蓮再次刺下小刀，塔妮亞也再度用野牛衝鋒槍擋下來，這樣的攻防持續進行了三次。由於兩個人的動作都很快，所以根本花不到兩秒鐘。

蓮發動第四次的小刀攻擊。

塔妮亞以雙手推著野牛衝鋒槍。不只是為了防禦，還試著要把小刀彈飛。

但這只是個陷阱。

「什！」

蓮只是裝出要刺下小刀的樣子，立刻就把手和刀刃縮了回去。擋不住去勢的塔妮亞高高舉起野牛衝鋒槍……

「噠！」

蓮的左手就從下方以上鉤拳的要領揍了塔妮亞。

「好痛！」

蓮的拳擊造成傷害特效光，塔妮亞的ＨＰ減少了５％左右。如果是在現實世界，蓮的手指應該全都折斷了吧。

即使如此塔妮亞還是沒有放開衝鋒槍，成功地防止自己的愛槍直接飛到空中。但是雙臂完全伸直後，蓮的身體就像貓一樣滑進該處出現的空間。

兩個人完全緊貼在一起，就像是戀人處於擁抱狀態時一樣。

「受死吧！」

蓮將右手的小刀朝著塔妮亞的左邊脖子揮去……

「唔喵啊！」

塔妮亞意義不明的喊叫以及最後一擊，阻止了蓮的小刀。

「咕咿。」

塔妮亞用盡全身的力量把衝鋒槍往身體的方向拉。

也就是緊緊抱住蓮。塔妮亞的雙臂以及其間的金屬棒牢牢固定蓮嬌小的身體……

「咕咕嗚！」

右手的小刀在距離肌膚只剩下3公分的位置被擋了下來。

「嗚……嗚嘎嘎！放開我～！」

蓮不停扭動身體並這麼大叫。但是上半身卻被牢牢抱住，雙臂也因為緊抱而固定在胸口的位置。

「誰要放啊！」

塔妮亞毫不猶豫地狠狠勒緊對方。

身高與筋力值都高於蓮的塔妮亞，使出全力的擁抱……

「嗚嘎嘎嘎嘎……」

蓮不論怎麼扭動都無法掙脫。

兩名女性玩家就維持互相擁抱的姿勢在廢墟裡停止了動作。

「喂，這個！動不了！喂！咿哦！唔喝嘎！」

慌了手腳的蓮，嘴裡說的日文變得很奇怪……

「別——想——逃！」

塔妮亞咧嘴露出猙獰的笑容。蓮錯開唯一可以動的脖子抬起頭之後，發現塔妮亞的臉就在眼前。那是可以接吻的位置。雖然沒有這麼做就是了。

「咕嗚嗚！喂，我沒空跟妳在這裡摟摟抱抱的了！」

蓮這麼抱怨……

「我放手就有生命危險，所以就這樣一直跟我待在一起吧～！直到死亡把我們兩個人分開為止～！」

「我拒絕！」

扭動扭動。扭動扭動扭動。

蓮嘗試激烈地動著腿部，但是塔妮亞比她高出10公分以上，所以最後行動仍是以失敗告終。只是劇烈地攪亂了虛擬空間的空氣罷了。

「嗚咕……」

被抓住的蓮已經無計可施了。

除了向同伴尋求救援以外。

「我被抓住了！救救我！」

然後透過通訊道具傳回來的是……

「哎呀，我們這邊其實也很棘手喔。妳可以自己想想辦法嗎？」

Pitohui以冷靜聲音說出的回答。

數十秒之前。

不可次郎最初的槍榴彈攻擊後，Pitohui與M就開始跑了起來。

他們正跑在廢墟裡的大路上。目標是ＳＨＩＮＣ伏擊的地點。

Ｍ的雙手各拿著一枚盾牌，防禦來自於正面的攻擊。這時候他當然沒有拿槍。

Pitohui則是把Ｍ的愛槍Ｍ１４・ＥＢＲ架在肩上，然後緊跟在他的後面。

至於Pitohui的ＫＴＲ—０９則是插在Ｍ收納其餘盾牌並且拉鍊打開的背包上。需要的話，Pitohui可以迅速把它抽出來射擊。

「其實是想要開車啦。算了，Ｍ快跑起來吧！」

「唔。」

動作比Pitohui慢的Ｍ拚命動著自己的腳。

不可次郎的第2發攻擊雖然在ＳＨＩＮＣ埋伏的地點炸裂，但實在不認為她們會這樣就被轟飛。

應該說沒有被轟飛比較好，所以Pitohui就對不可次郎下達了命令。

「很好，暫時不要再開火了。讓我們也發光發熱一下吧。」

「請盡情享受吧。」

奔跑的Ｍ眼前出現十字路口。ＳＨＩＮＣ就在從該處往右轉，然後再往前300公尺左右的地方。

「很好，就這樣衝過去！別害怕死亡！」

Pitohui以最燦爛的笑容這麼大叫。

「唔！」

如果是Pitohui的命令，Ｍ就只能唯命是從，於是就朝著可能會遭到瘋狂射擊的十字路口衝去。

結果果然受到瘋狂射擊。

從躲藏的大樓裡現身的ＳＨＩＮＣ眾成員，理所當然地警戒著後方，然後一發現從十字路口衝出來的Ｍ，機關槍與狙擊槍就毫不留情地送出子彈。

羅莎的ＰＫＭ開始點射——重複著每次數發的連射，空檔期間安娜與冬馬的德拉古諾夫狙擊槍則送出瞄準後的單發子彈。

M要是再晚一點蹲下來，應該就變成蜂窩了吧。

喀喀喀喀喀嗯！

M蹲下來的巨大身軀以及粗大的手臂支撐著不斷遭到射擊的兩面盾牌。

「殺啊！」

趁著機槍的連射，也就是彈道預測線中斷的一瞬間，Pitohui就從盾牌上方伸出M14・EBR來射擊。

立刻就把臉縮回來的Pitohui雖然看不見命中的那一幕……

「應該打中了。」

「嘎！」

安娜的左手被子彈貫穿，德拉古諾夫狙擊槍掉落到地面。

為了不讓Pitohui從盾牌後面拿出槍來，羅莎加快了PKM的連射速度。機關槍的彈雨包圍了兩面盾牌與其四周圍。

冬馬準備在Pitohui再次探頭時進行狙擊，所以一直用瞄準鏡來看著對方。她同時開口叫了起來。

「這裡交給我們兩個！大家從後面繞過去！」

但是……

「不行，太遠了！」

趴在道路上以ＶＳＳ射擊的老大沒有採用她的作戰。

繞到被槍擊壓制的敵人側面或後面是步兵戰鬥的準則，但在這個廢墟裡必須跑著繞過整個街區。這樣實在太花時間了。

在那之前要是被他們兩個人切斷攻勢，那可就得不償失了。

「蘇菲過來！我來射擊！」

老大下達了命令。雖然可能被擊中，蘇菲還是豪邁地起身來到老大身邊。

老大抓住蘇菲拿過來的巨大槍械──ＰＴＲＤ１９４１。

老大狙擊的技術雖然劣於冬馬與安娜，但還是可以自由地操作ＶＳＳ。她伏下巨軀，眼睛的視線對準在遠處的瞄準鏡，然後瞄準聳立在道路另一邊的盾牌。

瞄準鏡裡的著彈預測圓開始收縮，當它快要把盾牌納入範圍時──

「唔！」

就看見Pitohui從盾牌後面衝了出來。

「瞄太久啦！」

Pitohui光明正大地從M的盾牌後面往右側衝去。

然後真的沒有被擊中。ＳＨＩＮＣ太過瞄準盾牌以及它的附近。當然就會因為彈道預測線而被Pitohui識破這一點。

在ＳＨＩＮＣ對應之前，Pitohui就站著以Ｍ１４・ＥＢＲ朝老大開火。

「嗚！」

腹部遭到射穿的是蘇菲。

她往旁邊跳躍來擋下朝著老大襲去的彈道預測線，接著就被飛過來的子彈擊中。不對，應該說是自己往子彈湊過去。

老大在蘇菲還在空中時就瞄準好盾牌，當著彈預測圓縮到最小的瞬間就扣下了扳機。

傳出轟天巨響後，反坦克步槍的子彈就以距離地面30公分的高度往前飛翔。

然後命中了Ｍ的盾牌。

Pitohui一邊衝進玻璃破碎的建築物當中，一邊側眼看見了那一幕。

M所拿的兩面盾牌中，左側的那一面被轟飛出去。足以讓耳朵發疼的尖銳金屬聲過後，具有相當重量的盾牌就像被風吹走的紙張一樣消失在視界的左後方。

同一時間，用手支撐盾牌的M，粗壯的左手也扭曲成不可能出現的角度。從肩膀露出了受到傷害的紅光。如果是在現實世界，不是折斷了就是脫臼，再不然就是兩者皆是。

如果不是強壯的M，手臂可能已經斷掉，隨著盾牌一起被轟飛出去了。

而且M的巨軀還被推倒，好不容易才沒有放開剩下來的盾牌，整個人往右側倒下。

「咕嗚……」

M把剩下來的一面盾牌伸到前面，同時扭動身體把頭朝向SHINC。然後以斜向的盾牌辛苦地擋下立刻朝自己襲來的子彈。

看見被PKM與德拉古諾夫狙擊槍瘋狂攻擊，還只能用右手的盾牌與背包防禦的M後，Pitohui就開口表示：

「哎呀！這下糟了！」

接著把手繞到腰後方的包包。

「這樣下去我的槍會被打中！」

然後只用左手來全力投擲出抓住的圓筒。

宛如噴霧罐的煙霧彈在空中飛翔，同時在途中開始以猛烈的速度吐出煙霧。

大路就跟Pitohui的心腸一樣，被漆黑的煙霧包圍住。

看著擴散出來的煙霧……

「煙霧彈嗎……」

老大終於完成PTRD1941的再裝填作業。

將兩腳架設置於地面進行射擊的話，這把槍的特徵「利用反作用力自動排彈」就無法順利完成。往復操作又大又重的槍機、下一發子彈的裝填等全都必須親自動手。

結果無法像冬馬那麼流暢而多花了一點時間，當M的盾牌再次納入瞄準鏡中央的瞬間就被黑色煙霧覆蓋而看不見了。

老大放棄浪費子彈，開始確認伙伴的HP。

安娜還剩下八成。目前還是綠色。由於是被擊中手部，所以是輕傷。

蘇菲竟然只剩下一成。她反而是受到重傷，HP已經完全是紅色區域。

但是肚子被7.62毫米彈貫穿還沒有立即死亡已經算是好運了吧。由於HP開始在閃爍，應該已經打過急救治療套件，目前正在回復當中了。

然後塔妮亞還剩下九成。

從剛才就透過通訊器材數次傳來聲音，但聽起來都是意義不明的內容，情況不知道究竟如何了？

M趁著煙霧以一隻右臂匍匐前進逃進Pitohui所在的建築物當中。

失去一面盾牌、左臂受傷，而且無法遮住的手肘與腳尖也中了幾發子彈，ＨＰ目前還剩下六成左右。

「來，達令，你辛苦了。站得起來嗎？」

Pitohui隨著溫柔的發言對M伸出手並且把他拉起來。但拉的是受傷的左手。

「咕哈啊！」

「哎呀，抱歉。」

「咕嗚嗚……」

M起身後立刻施打急救治療套件。

Pitohui看了一下手錶，得知目前是十三點三十八分。

同一時間……

「我被抓住了！救救我！」

耳朵聽見來自蓮的求救訊息，Pitohui就隨口回答：

「哎呀，我們這邊其實也很棘手喔。妳可以自己想想辦法嗎？」

太過分了！

支援請求被Pitohui駁回後，蓮只能在內心嘆氣。

「老大！我抓住蓮了！在大路北邊的盡頭附近！可以過來嗎？」

聽見塔妮亞的聲音……

「這樣啊。我知道了。」

由於對方接下來說的是這種台詞，所以可以知道支援暫時沒辦法趕過來，所以自己還有機會。

蓮這時向另一個人，也就是不可次郎請求支援。

「不可！我被塔妮亞抓住了！救救我！」

「啥啊？發生什麼事了？」

由於不可次郎當然看不見狀況，所以才會提出這樣的問題。

雖然這樣會被塔妮亞發覺，但也只能做出說明了。

「在格鬥中被她抱住了！無論怎麼掙扎都無法掙脫！」

「那還真是打得火熱啊。哎呀，都是女孩子就沒問題了吧。」

「當然有了！如果ＳＨＩＮＣ的成員過來，我就變成靶子了！我不想死得那麼丟臉！」

「這樣啊。妳的位置在哪裡？」

「剛才的附近！北側30公尺左右！」

「知道了。還有沒有什麼話要交代的？」

「有喔！『快住手，別開火！』」

「嘖。」

蓮好不容易才擋下槍榴彈朝著自己降下的事態。

但這下子真的是無計可施了……

不可次郎看著黑煙升起的風景並且這麼想著。

不可能對蓮施以支援砲擊。

Pitohui也拒絕支援砲擊，這道命令目前仍未取消。

獨自一人在大樓屋頂的不可次郎變得無事可做。

真是無聊，好閒啊。乾脆泡杯茶來喝吧？

當她這麼想著，並且隨便轉頭看著景色時……

「嗯？」

就注意到一台悍馬車。

那是在廢墟的南側，距離自己大約400公尺左右。目前沒有動靜。

來到這裡時為了警戒而環視過四周圍，當時應該沒有那輛車子才對。有的話早就向Pitohui報告，所以不可能出錯。

如此一來就只有兩個可能。

第一。是隨著時間經過而湧出的道具。

第二。是敵人搭乘它逼近了。由於有段距離，所以無法用肉眼辨認是不是有人坐在上面。

不論如何，還是先把它轟爛吧。反正也很閒。

不可次郎下定了決心。雖然400公尺已經快要超出有效射程，但是從大樓上方的話應該可以打中才對。

就算經常吹起的強風很棘手，不過幸運的是現在稍微止歇了。不過就算有些失誤，只要把6發全都轟出去就能解決了吧。反正子彈能完全回復。

不可次郎為了打發時間而抬起裝填著普通榴彈的左子。然後把槍身靠在屋頂的扶手，接著手指放到扳機上。

將出現在視界當中的著彈預測圓移動到遠方的悍馬車上，漂亮地與其重疊之後，下一個瞬間就迅速錯開了。

嗯？是風嗎？

不可次郎這麼想的瞬間，飛過來的子彈就擊中她的胸口，然後穿透身體飛向另一邊。

「呀哼嗯！」

不可次郎的悲鳴傳到蓮的耳裡，接著視界角落她的ＨＰ更以猛烈的速度不斷減少。

「不可！怎麼了？不可？」

蓮忘了自己的危機這麼呼喚著同伴。

「被擊中……了——嗚呀啊！」

「不可？」

「蓮，這個——」

轟——！

不可次郎的聲音被豪邁的爆炸聲掩蓋過去。接著不可次郎的ＨＰ就更為減少。

難道立即死亡了？

當蓮感到恐懼的瞬間，減少的速度終於停了下來，但是只剩下兩成左右。當然已經進入紅色警戒區域了。

雖然不知道究竟發生了什麼事，但是蓮知道自己該做什麼。

「塔妮亞！」

「嗚咿？」

突然被人狠瞪的塔妮亞不禁露出慌張的模樣。

「敵人來了！不逃走就慘了！」

「咦？咦？」

「別管那麼多了快點放手！我不會砍妳！這樣下去大家都會被想要享漁翁之利的隊伍幹掉喔！快一點！」

「…………」

或許是輸給蓮的魄力了吧，塔妮亞放鬆力道，蓮立刻像隻貓一樣溜出她的手臂與衝鋒槍的擁抱。

蓮雖然有攻擊的機會，但是也沒有砍向塔妮亞的脖子。只是把小刀收回腰間。

蓮迅速動著左手把收進倉庫欄的靴子再次穿到腳上。然後跑向P90，把它跟帽子一起拿起來。

「Pito小姐快逃！應該有敵人從南方過來了！」

邊戴帽子邊傳達出去的發言沒有得到回答。

不知道能不能算是沒有回答的原因——

可以看到視界左上角Pitohui和M的HP正以猛烈的速度減少當中。

「老大！蓮說有敵人來了！」

塔妮亞對老大這麼搭話，接著傳回耳裡的……

「嗯……我知道……」

是這樣的回答。

老大她看見了。

煙霧消散之後的景色，也就是筆直延伸的道路另一邊。

以猛烈速度從路上跑過來的一台悍馬車，在Pitohui他們所待的建築物前50公尺左右突然緊急停車。

然後從車頂的防彈板裡開始進行射擊。

嗡————————！

傳出低沉蜂鳴器般連接在一起的槍聲，防彈板邊緣出現炫目的閃光。

閃光是顯示發射的槍口火焰，但是卻完全沒有止歇的模樣。火焰甚至沒有閃爍，呈現一直亮著的狀態。

連接在一起的槍聲以及槍口火焰。以及持續延伸到大樓一樓的橘色曳光彈光線。

「『M134．迷你砲機槍』嗎……」

老大這麼呢喃。

GGO世界雖然遼闊，但是沒有其他槍械能發揮那種瘋了一般的連射速度。

M134是「加特林線膛槍」——集合複數槍身後以馬達進行超高速迴轉，然後將彈藥送進該處這種形式的槍械。

使用馬達的力量提高的連射速度達到一分鐘約4000發。每秒鐘大約是66發。對於熟悉槍械的人來說，這是一把連射速度快到甚至會讓人覺得是不是弄錯了一個位數的槍械。

M134是把航空器用的20毫米機砲「M61A1巴爾幹砲」縮減為7.62毫米，所以才有「迷你」之稱，不過光是槍身與馬達就有將近20公斤的重量，是GGO最重的槍械之一。

因此現實世界裡本來就不可能手持運用，但是電影裡經常可以看見肌肉壯漢把它架在腰部瘋狂開火。

而GGO裡也能做到這一點。應該有許多想要模仿電影的人才對。只不過，筋力值相當高的角色才好不容易能夠使用，算是一部分狂熱者垂涎的一把槍械。

雖然是太過沉重而難以拿著行走的武器，但是在裝甲悍馬車的防彈板上設置覆蓋起來的槍架就又另當別論了。

能夠用輪胎高速移動，而且車體與窗戶玻璃都是防彈，還能夠一秒鐘內發射數十發子彈的話，一般的玩家實在無法對應。

老大不認為這是卑鄙的手段。

只要是能夠攜帶的武器就都可以使用，戰場上的車輛是先搶先贏本來就是ＧＧＯ以及ＳＪ的常態。

但是現在像這樣看著Pitohui和Ｍ在大樓內被大量子彈打成絞肉的光景，會讓人有一種複雜的心情。

早就知道那些傢伙是聯合隊伍的成員。應該是把武器藏在倉庫欄裡，然後在冰上發呆的某些蒙面人吧。

看見我方遲遲無法幹掉ＬＰＦＭ，所以跑過來幫忙吧。以小隊合作來看這應該是正確的行動，但是……

「可惡……多管閒事。」

老大卻丟出這樣的一句話。

就算我方陣亡了，也不希望對方來幫忙。因為這樣就不算光明正大的決戰了。該如何對蓮他們說明才好呢？

迷你砲機槍的咆哮結束了。

射擊本身其實不到三秒鐘，但這段期間已經被轟進１８０發以上7.62毫米子彈的建築物裡面開始揚起大量的土塵。Pitohui和Ｍ應該都陣亡了吧。

「去跟那些傢伙抱怨一下吧！」

當老大一邊這麼說一邊站起來時……

「老大！蓮說有敵人來了！」

就聽見塔妮亞的聲音。

同一時間，悍馬車上的槍座緩緩迴轉，迷你砲機槍的槍口朝向我方。從該處延伸出來的彈道預測線就指著自己的胸口。

「嗯……我知道……」

迷你砲機槍的槍口發出炫目光芒。

（to be continued……）

後記Gun Gale日記　其之8

各位讀者大家好。我是作者時雨沢惠一。

第七集發售後已經過了兩個月了。各位讀者一切都還好嗎？

《SAO刀劍神域外傳 Gun Gale Online》（以下稱「本作」）也終於來到第八集了！真開心。

然後這個作者能自由發揮的〈後記Gun Gale日記〉也來到了「其之8」。

一～七集的這個單元——

提到了本作的誕生經過、作者喜歡的槍械、腳的中指長度、使用雞肉的壽喜燒食譜、交換自行車內胎需要的工具、短短兩分四十五秒就能讓世界和平的簡單方法，最後甚至談到自己的作品成為動畫的事情，可以說談論了各式各樣的話題而且也大受好評，而這次的題目也就是「人生首次的中集」。

至於為什麼要提到中集，我想大家應該已經有靈感了吧？

沒錯，因為我沒有足夠的時間一口氣寫完上下集然後在八月出版！主要是因為動畫的工作實在太忙碌了。

我在上一集的後記裡寫了「那麼，下集不知道會怎麼樣呢？」這種接下來絕對會出版下集的內容，但那是在說謊，真的很抱歉。

應該說〈後記Gun Gale日記〉這個單元之前也完全沒有出現過，這一點沒有被發現真的是太好了。（編輯部註：只有你一個人這麼想喔。）

好了，這就是開頭的招呼變得很長的中集。第四屆Squad Jam還要再繼續一集喔。

至今為止我已經多次完成上下集的創作，這還是第一次分為上中下三集。能夠有這種新的經驗，我覺得很有新鮮感。

至於為什麼如此有新鮮感嘛……

「上集的感想來到我手邊時，剛好正在進行下集的創作，所以可以一邊參考各位的感想一邊變更內容。」

正是如此。

我的話，如果這次的故事是上下集，那麼在上集的發售日時，下集幾乎都已經完成了。

理所當然的，接下來也就沒辦法有什麼重大的變更。嗯，作者校正時或許可以做些小小的改變啦。

藉由各位讀者關於上集的感想——

哎呀，為了慎重起見還是先問一下，如果你還沒有閱讀上集，就請不要繼續看下去了。裡面包含了大量的情節。

當然完全沒有提到這本中集的情節。

我可以繼續寫了吧？

那麼，關於上集的感想——

「Fire最後一定會變成『好男人』！」

有非常多的人做出這樣的預測。

但是喜歡惡作劇的時雨沢就是會想完全背叛這種預測。

因此接下來要創作的下集裡，會發現Fire其實是個「好女人」。時雨沢的作品裡，經常會出現以為是男性的角色其實是女孩子的情形。你看，就像那個傢伙跟那個傢伙。

「夏莉與克拉倫斯這對搭檔應該會相當活躍。」

由於有這種帶著希望的感想，我決定把她們變成蓮的腦袋所顯示的幻覺，在下集開始第三頁就讓她們退場。打從一開始就沒有這兩個人喲。知道了嗎？

「把蓮在玩ＧＧＯ這件事告訴Fire的就是Pitohui吧？」

「我看應該是美優吧？」

「我覺得是新體操部吧？」

由於有做出各種預測的讀者，我決定讓爆料者變成蓮的姪女，也就是跟蓮住在同一棟公寓的姊姊他們家的女兒，然後這個四歲兒童就是一切的黑幕。這真是誰都想不到的驚人發展。就連我也完全猜想不到。

她送給香蓮當禮物的小小黏土製胸針，裡面裝著高性能的竊聽器……

這就是隱藏在下集的恐怖真相。ＧＧＯ將轉職成恐怖小說。

當然已經確實完成結局的下集初期草稿早就提交給編輯部了，但是——

就算現在才開始重寫成右邊這樣的發展，時間上也完全來得及。你說草稿和完成的原稿怎麼不一樣，這根本不是什麼稀奇的事情喲。

因此下集將會是這種完全背叛各位讀者的希望、期待以及預測的發展。敬請期待並且有所覺悟吧。

如果大家閱讀時完全不是這麼回事，請大家了解是時雨沢輸給了編輯部熾烈權力鬥爭的緣故。

另外，如果正如您的預測……

「時雨沢剽竊了我們的點子！分一點版稅給我！應該說分一大筆給我！我的帳號在這裡！匯款手續費由你負擔！」

就說出這樣的發言，我會非常困擾。

從版稅獲得的金錢，是我用來付稅金與水電費，並且購買生活不可或缺的食物、衣服以及空氣槍的資金。

不過，我真的會覺得預測完全命中的人很厲害。

作為了解我的真正理解者，我會自己製作手寫的獎狀來送給你。咦，不需要嗎？這樣啊。

另外，中集出版之後才做下集的預測，那個時候我應該已經完成稿子了，真的很抱歉。

獲得川原礫老師許可後開始創作的《Gun Gale Online》終於也來到第八集了。身為作者的我真的是感慨良多。

獲得大家極高的評價，甚至得到電視動畫化的榮譽，時雨沢我真的很幸福。

下集就是九集了，究竟還會不會有下一集，也就是集數能不能邁入二位數這個大關，在目前這個時間點仍不得而知。

雖然還不得而知，但我會以此為目標全力創作下集，屆時還請各位多多指教。

這次就到此為止。在下集的本單元再見吧！

順帶一提，下一集預定要熱烈地討論「為了消除腳尖踢到衣櫥角落而疼痛不已的事故，平常總是倒立生活的時髦又簡單的方法」。敬請期待。

時雨沢惠一

在成長的早期階段
就放棄「可愛」這件事的香蓮，
對於「可愛」的定義
已經經過熟成，
大概會帶著這種印象
來裝飾粉紅裝備吧。
幼年時期的
小蓮

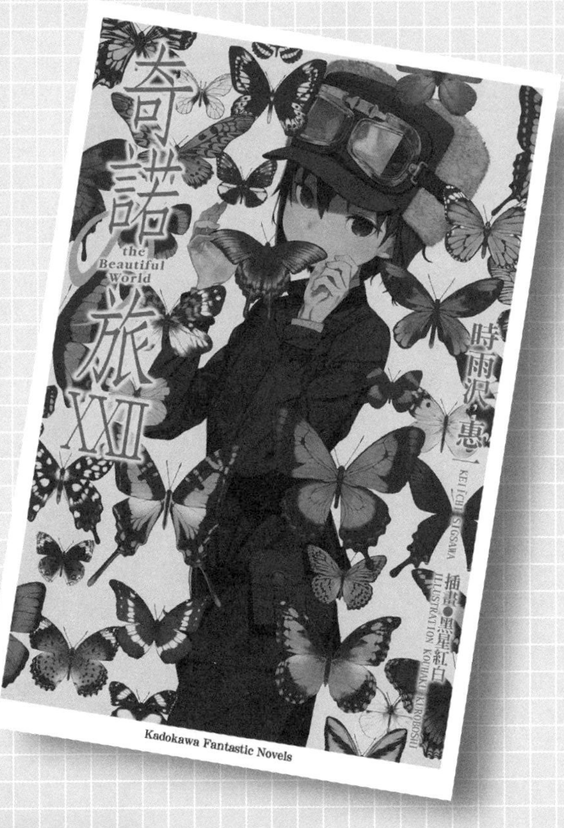

奇諾の旅 I～XXII 待續

作者：時雨沢恵一　插畫：黑星紅白

空無一人的國家卻有大批白骨在巨蛋裡!?
銷售高達820萬本的輕小說界不朽名作！

奇諾與漢密斯在沒有任何人的市區中行駛，接著他們在國家的南方發現了一座巨蛋。在昏暗的巨蛋中，有一片廣大且平坦的石地板，而在那地板上隨意散落的，則是各式各樣的白骨。陰暗中，骨頭簡直就像是散落且鑲嵌於四處的寶石一般發著光……

各 **NT$180~260/HK$50~78**

國家圖書館出版品預行編目資料

Sword Art Online刀劍神域外傳Gun Gale Online. 8, 4th特攻強襲. 中 / 時雨沢惠一作；周庭旭譯. -- 初版. -- 臺北市：臺灣角川, 2020.09

面； 公分

譯自：ソードアート・オンライン オルタナティブ ガンゲイル・オンライン. 8, ―フォース・スクワッド・ジャム. 中

ISBN 978-957-743-958-1(平裝)

861.57 109010200

Kadokawa
Fantastic
Novels

Sword Art Online刀劍神域外傳 Gun Gale Online 8

— 4th特攻強襲（中）—

（原著名：ソードアート・オンライン　オルタナティブ　ガンゲイル・オンラインⅧ ―フォース・スクワッド・ジャム（中）―）

2020年9月23日　初版第1刷發行

作　者：時雨沢惠一
插　畫：黑星紅白
原案・監修：川原 礫
日版設計：BEE-PEE
譯　者：周庭旭

發 行 人：岩崎剛人
總 編 輯：蔡佩芬
主　編：朱哲成
美術設計：宋芳茹
印　務：李明修（主任）、張加恩（主任）、張凱棋

發 行 所：台灣角川股份有限公司
地　址：105台北市光復北路11巷44號5樓
電　話：（02）2747-2433
傳　真：（02）2747-2558
網　址：http://www.kadokawa.com.tw
劃撥帳戶：台灣角川股份有限公司
劃撥帳號：19487412
法律顧問：有澤法律事務所
製　版：巨茂科技印刷有限公司
ISBN：978-957-743-958-1